KB199363

누구에게나 그러하듯이

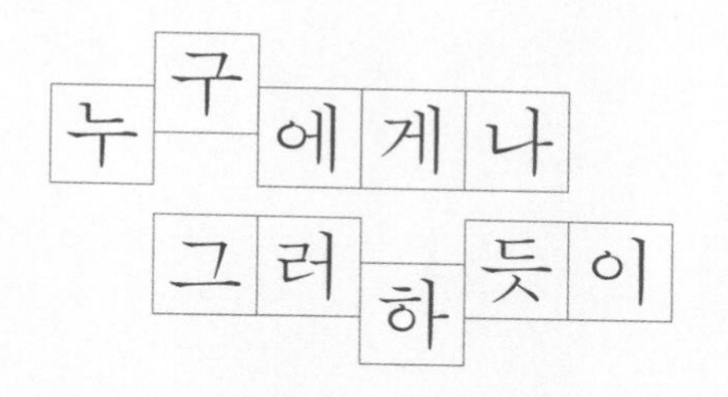

김현숙 지음

미래사

책을 펴내며

적당한 시간이었을까?

여기 실린 글들은 대부분 오래전 이야기다.

몇 해 전부터 이제 꺼내달라는 소리가 들렸다.

"그래, 너희들과도 이별해야겠어."

중국 광저우를 30대 후반에 갔고, 한동안 머물렀다.

이 책에는 반짝이는 주강(Pearl River)의 물결, 수다스런 광둥어, 그리고 사람들의 따뜻한 환대가 담겨 있다.

이제 좀 편해졌다.

올무 같았던 강박과 소외감을 털어내고 자신과 화해했다.

그때의 앨범을 넘긴다.

혼자라는 당신과 나누고 싶습니다.

2025년 2월

김현숙 드림

차례

3부

4부

1
부

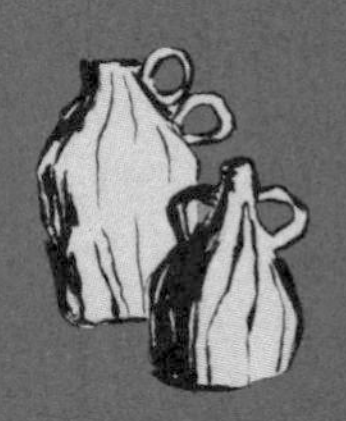

봉지쌀

중국에 살 때 봉지쌀을 자주 사 먹었다. 어느 날 쌀을 한 되 정도 봉지에 담아 달랑거리고 오다가 아는 한국 할머니를 만났다. 그분은 쌀 봉지를 보더니 "쌀을 왜 그렇게 사 먹어?"라며 나무라듯 말했다. 불쾌한 표정마저 감추지 않았다.

중국 슈퍼에서 파는 봉지쌀은 소량으로 포장된 쌀이 아니다. 식료품 코너에 무더기 쌀이 안방마님이라도 되듯 한자리 차지하고 있다. 하얀 쌀알이 뒤주 같은 상자에 소복하다. 손잡이가 달린 바가지로 한 번, 두 번 혹은 기분에 따라 반 바가지 더 쌀을 퍼 담기도 한다. 쌀을 봉지에 담아 저울에 올려 무게를 재고 그 양만큼 값을 지불한다. 어릴 적 미곡상에서 그렇게 쌀을 됫박으로 떠서 팔았던 기억이 난다. 아침에 꽉 찼던 쌀 가판대가 어쩌다 저녁 늦게 슈퍼에 들르면 홀쭉해져 있었다. 쌀통은 바닥을 드러내고 쌀 알갱이와 먼지가 나뒹굴었다. 봉지쌀은 그렇게 잘 팔렸다.

처음에는 빈약한 주머니 사정 때문이라 여겼는데 사정은 달랐다. 중국은 땅이 넓다 보니 출신지별로 주로 먹는 음식이 다르다. 북쪽에서 온 사람들은 우리나라 만두에 해당하는 자오즈나 찐빵처럼 생긴 만토우를 많이 먹고, 국수를 주로 먹는 지역 사람도 있다. 내가 살았던 남쪽 지방은 밥을 주로 먹지만, 우리처럼 꼬박꼬박 밥을 해 먹는 게 아니라 아침은 간단한 죽으로 해결한다. 점심은 대부분 학교나 직장에서 먹고, 저녁도 외식하거나 간단한 것을 사 들고 와서 먹는 경우가 많다.

옆집 사는 중국인에게 일주일에 몇 번이나 밥을 해 먹느냐고 물은 적이 있다. 한가한 금요일 저녁에만 집에서 식사를 준비한다고 했다. 그러니 포대로 쌀을 샀다가는 언제 그것을 다 먹을지 알 수 없었다. 식생활뿐 아니라 날씨도 덥고 습해서 상온에서 쌀을 오랫동안 보관하기 힘든 탓도 있다. 그러다 보니 한두 끼 해 먹고 쌀이 떨어지면 필요할 때 다시 사 먹는 간소함이 몸에 배어 있다.

나도 언제부터인가 그들과는 다른 이유로 봉지쌀을 사 먹기 시작했다. 처음에는 호기심으로 샀지만, 봉지쌀이 주는 매력에 끌렸다. 슈퍼에 가면 괜히 쌀더미 속에 손을 넣어본다. 무더기로 보이던 쌀이 손끝에 닿자 뽀드득거리며 한 알씩 잡혔다. 단단한 쌀알들은 여문 자존심인 듯 보였고, 밥알로 퍼지기 전 마지막 날을 세우는 긴장감도 좋았다. 비록 낯선 나라에서 존재감 없이 살아가고 있지만 그래도 괜찮았다. 쌀알들이 '너는 너잖아'라고 위로해주었다.

한 움큼씩 뽀얀 쌀을 퍼 올려본다. 쏴르르 쌀이 떨어지는 소리를 들으면 하얀 쌀비가 내리듯 마음이 샤워가 되었다. 쌀 가판대는 자주 붐볐다. 평소에는 부자연스럽고 껄끄러웠던 중국 아줌마, 아저씨들과 자연스레 말도 오갔다.

"쌀 내음이 좀 그런데 한번 맡아볼래요?"

"오늘은 쌀이 윤기가 도르르 흐르네요. 밥 지으면 맛있겠다."

그러고는 어깨를 부딪쳐가며 각자 봉지에 쌀을 담는다. 입안에 침이 돌고 칼칼했던 마음이 촉촉해졌다. 외국인인 나와 그들 사이에 있던 미묘한 벽은 그 순간 없어졌다.

'그래, 맞아. 같은 쌀을 먹는 우리가 달라야 얼마나 다르겠어. 내가 좀 소심했어.'

쌀 가판대에는 쌀통이 여러 개 있다. 그곳 사람들은 안남미라 부르는 태국 쌀을 많이 찾았고, 내 봉지에는 동북 지방에서 내려온 동북 쌀이 주로 담겼다. 태국 쌀에 비해 오동통한 동북 쌀은 조선족 교포들의 땀 냄새가 나서 더 정감이 갔다. 동북 쌀은 일제강점기 때 만주 벌판으로 건너간 우리네 조상들이 씨를 뿌린 동북 지역에서 온 쌀이다. 뒤주 속 쌀알에서 한민족의 가냘픈 역사가 읽힌다. 동북 쌀을 사러 온 조선족 2세, 3세들을 자주 만났다. 무슨 인연으로 우리는 남의 나라에서 이렇게 만나 다르게 살아가고 있을까. 실타래처럼 얽힌 운명이지만 우리는 입맛을 숨길 수 없는 같은 뿌리였다. 작은 봉지쌀은 점점 커져갔다. 자신과 화해하고 다른 이와의 경계를 활짝 열어주었다.

한국 할머니에게도 그 나름의 사연이 있었다. 할머니 집은 옛날부터 부유하게 살았다. 그런데 점점 집안이 몰락하고 가난해졌다. 가마니 쌀을 먹던 할머니 집에 쌀이 떨어졌다. 형편 되는 대로 쌀을 한 됫박씩 사서 자식들을 먹여야 했다. 구차한 생활을 남에게 들킬까 봐 봉지에 든 쌀을 보자기에 겹겹이 싸서 허겁지겁 집으로 돌아오곤 했다. 풍족했던 시절을 그리워하는 할머니에겐 내가 들고 있는 봉지쌀이 사랑스러울 수 없었다.

한국으로 돌아와 포대 쌀을 사 먹으면서 어딘가 늘 아쉽다. 봉지쌀을 사서 돌아올 때 시장바구니는 무거웠지만 발걸음은 가벼웠다. 바람이 점점 서늘해진다. 오늘 저녁 봉지쌀을 사다 고슬고슬한 밥을 해 먹고 싶다. 근데 어디서 봉지쌀을 사지?

- 〈에세이문학〉 2013년 겨울호 등단작

등단작 「봉지쌀」에 대한 심사평

세상이라는 공동체 안에서 점점 개인적으로 되어가는 현대인의 삶을 비유한 글이다. 중국에 살 때 작가는 슈퍼에서 필요한 만큼 담아 무게대로 값을 치르는 봉지쌀을 사다 먹곤 했다. 중국인들도 봉지쌀을 선호했다. 출신지에 따라 주식이 다르고 외식이 잦아 많은 양의 쌀이 필요치 않기 때문이었다. 그들과는 다른 이유에서지만 작가는 봉지쌀을 사면서 많은 것을 얻는다.

싸전에서 됫박으로 쌀을 사다 먹던 옛 시절을 회상하기도 하고, 쌀더미 속에 손을 넣어 야무진 쌀 알갱이를 만져보며 낯선 나라 속에서 잃어버렸던 자신의 존재감을 되찾기도 했다. 무엇보다 소중했던 것은 쌀 가판대에서 중국인들과 어깨를 부딪치고 말을 섞으면서 그들과의 벽이 허물어지게 되었다는 것이다. 동북 쌀을 사러 온 조선족 2세, 3세들에게서는 같은 뿌리임을 확인하고 가슴이 뜨거워지기도 했다.

자신과 화해하고 다른 이와의 경계를 활짝 열어주는 역할을 봉지쌀이 한 것이다. 사물을 보는 시선이 따뜻하고, 소재에서 주제를 잘 끌어낸 점을 높이 샀다.

포장된 쌀을 선호하며 단절되어 소통이 어려워진 한국 사회의 삭막함을 "어디서 봉지쌀을 사지?"로 함축한 결미가 여운을 남긴다.

아름다운 강박증

사진 속 그녀가 웃고 있다. 그녀는 중국어를 같이 배웠던 친구다. 지금 옆에 있는 듯 웃음소리마저 생생하다. 우리는 서른아홉 동갑이었다. 장밋빛 미래를 향한 꿈은 풍선처럼 가벼워져 시야에서 멀어지고 있었다. 앞날에 대한 예감은 막연히도 떠오르지 않았다. 어떻게든 그 시간을 빨리 지나가고 싶었다. 배앓이하듯 촉각이 서 있는 시간에 우연히 그녀를 만났다.

중국으로 가게 되었다.

일상에서 벗어나 예상할 수 없는 새로운 생활을 맞는다고 생각하니 가슴이 설레기도 했다. 그러나 중국에 도착하는 순간, 낯선 풍경과 사람들을 마주하면서 설렘은 두려움으로 바뀌었다. 한국에서는 생각지도 못한 사소한 일에도 신경이 곤두섰다. 하다못해 전구 하나가 나가도 어떻게 사서 갈아야 할지 몰라 쩔쩔매고 있었다. 무엇보다도 아이들을 위해서는 말을 빨리 배워야겠다고 생각했다.

집에서 멀지 않은 중산대학을 찾았다. 학교에 들어서자 붉은 자형화(紫荊花)가 나를 맞아주었다. 학교를 졸업하고 십여 년 만에 다시 공부하기 위해 교정에 들어서자 가슴이 벅차올랐다. 새로운 나를 만들어갈 수 있다는 마음으로 기분이 한껏 부풀었다. 백 년에 가까운 역사를 지닌 대학은 비록 낡았지만 세계 속 중국의 현주소를 보여주고 있었다. 수수한 차림의 중국 학생들과 외국 학생들이 섞여 활기차게 젊은 열기를 뿜어냈다.

그녀는 개강한 지 일주일이 지나서 나타났다. 나와 나이가 비슷해 보이는 한국 사람이었다. 그 반가움이라니! 그러나 나의 기대와는 달리 그녀는 주위에 관심이 없다는 듯 아무에게도 눈길을 주지 않았다. 쉬는 시간에도 복도에서 누군가와 통화를 하느라 바빴다. 휴대전화를 든 그녀의 가는 손가락은 잘 정돈된 서랍을 떠올리게 했다. 그녀의 등장으로 반 분위기가 젊은 대학생들과 한국 아줌마로 자연스럽게 나뉘었다.

그녀는 혼자서도 학교생활을 잘했다. 나만 외톨이였다. 습한 무더위로 화장한 얼굴은 늘 땀이 번져 얼룩졌다. 어쩌다 결강이 있으면 은연중에 그녀를 찾았다. 긴 생머리를 양 갈래로 땋고 하얀 모자를 쓴 그녀는 홀로 캠퍼스를 돌아다니며 사진을 찍고 있었다. 그녀의 한들거리는 걸음에 비해 내 발걸음은 늦가을 비처럼 흐느적거렸다. 교정의 고목이 무성한 잎사귀로 서로 어깨동무하며 아치형 통로를 만들었고, 나무 그늘이 내려와 그린 카펫을 깔아주었다. 그 길을 따라 한없이 가고 싶었다.

목면화(木棉花)는 입을 벌린 채 속 꽃술이 다 드러나 있었다. 그 도발적 교태에 괜스레 민망해졌다. 색뿐만 아니라 눅눅한 향은 물안개처럼 온종일 심란하게 했다. 세계 각지에서 몰려든 학생들은 당돌한 생기마저 내뿜고 있어 위험스럽게까지 보였다. 내 뜻과 상관없이 주변인이 되어가는 쓸쓸함은 한국이나 중국이나 다를 바 없었다. 오히려 이국의 캠퍼스에서 더 민감하게 다가왔을 뿐이다.

우리 반은 초급반에서 수준이 가장 높은 반이었다. 따라잡을 수 있을 것이라는 마음에 무리해서 그 반을 신청한 것이다. 수업은 첫 시간부터 벅찼다. 나는 꼴찌를 헤맸고, 그녀는 승승장구했다. 외국어를 배우는 것은 다른 수업과 달리 머리로만 따라갈 수 있는 일이 아니었다. 소리를 내야 하는 것이 고역이었다. 결혼해서 수다는 떨고 살았지만 제대로 배에서 올라오는 굵직한 소리를 내본 기억이 없었다. 중국어의 발성은 공명이 큰 편이다. 고음보다 퉁퉁 울리는 중저음 톤이 많아서 입을 크게 벌려야 한다. 호흡도 길게 해야 제대로 글을 읽는다는 느낌이 들었다. 혀를 말아서 소리가 새듯 발음해야 하는 권설음(捲舌音)을 낼 때는 오히려 온몸의 근육이 굳어졌다. 성조라는 소리의 파도를 탈 때도 턱이 앞으로 나와 호흡이 조절되지 않았다. 마음은 수직으로 조여드는데 성대는 동그랗게 열어야 하는 진퇴양난이었다.

선생님들은 그녀에게 자주 책을 읽게 했다. 그녀의 발음은 입모양이 분명하고 성조가 자리를 잡아 노래를 부르듯 리듬을 탔다. 그녀를 시키고 나서는 늘 그다음이 나였다. 수십 번 집에서 연습했건만 목소리가 갈라지고 떨렸다. 글자는 도망을 다녀 어디를 읽고 있는지 헷갈렸다. 수업이 없는 주말에는 조급함을 잠재울 수 있었지만, 월요일이 되면 마음이 쫓기면서 쿵쾅거렸다.

반 친구들은 수업이 언제나 그녀 위주로 돌아가는 것에 불만이 있었다. 어느 월요일 첫 교시, 그녀와 선생님 둘만의 대화가 수업 시간의 반을 넘겼다. 나는 종이 울리기 직전 비장한 목소리로 선생님을 부르고는, "한 사람 위주로 수업을 하는 것은 바람직하지 않다"고 말해버렸다. 목소리는 여전히 떨렸다. 선생님은 내 말을 알아듣지 못했다. 하필이면 그녀에게 통역시켜 내 뜻을 이해했다. 속을 다 들켜버린 것 같아 우리는 더 어물거리는 사이가 되고 말았다.

한번은 시험일이 앞당겨졌는데, 내심 앞서가는 그녀가 부담스러웠는지 누구도 시험 시간을 가르쳐주지 않았다. 나는 주저하다 밤늦게 전화해서 알려주었다.

보강이 끝난 어느 오후였다. 그녀가 뒤에서 어깨를 두드렸다. 나무 그늘 때문인지 낯빛이 어두웠다. 차 한잔하자는 뜻밖의 제안을 했다. 진작 이야기를 나누고 싶었는데 틈이 없었다며 말을 꺼냈다. 자신은 학교 근처 원단 도매시장에서 사업을 한다고 밝혔다. 지구온난화로 목화 수확량이 떨어져 갑자기 원단 가격이 치솟고 있다며 이야기를 풀어놓았다. 일하면서 공부하는 것이 부담스럽다고 했다. 시간을 쪼개서 하는 공부인 만큼 자기도 모르게 수업 시간에 나서게 된다며 '다들 나 싫어하지요?' 하고 물었다.

그녀는 하나라도 더 배워 가야 한다는 다급함이 있다고 말하고는 여유롭게 공부만 하는 내가 부럽다고 덧붙였다. 원래 중국어는 일하면서 배웠으나, 기초를 잡기 위해 학교에 들어왔다며 말끝을 흐렸다.

"잘하시잖아요."

"아뇨. 중국 사람과 같아야지 시장에서 살아남을 수 있어요."

나는 물끄러미 그녀를 바라보았다. 이제까지 내가 알던 그녀와 달라 보였다. 학교 찻집을 나와 걷다 보니 교문 앞 대로까지 왔다. 신호 때문에 차가 많이 서 있었다. 그때 흙먼지를 잔뜩 둘러쓴 낡은 봉고차가 가로변으로 바짝 붙으며 다가왔다. 봉고차 창문이 거칠게 열렸다. 짧은 스포츠머리를 한 중국 남자가 우리 쪽을 향해 소리를 질렀다.

"여보, 빨리 타!"

멍하게 서 있는 사이, 그녀는 봉고차 안에 들어가 있었다. 덩치 큰 남자 옆의 그녀는 어린 소녀처럼 보였다.

갑자기 팽팽했던 고무줄이 끊겨버린 듯했다. 처음부터 우리는 서로 다른 벽을 올라가고 있었다. 남편이 중국 사람이라고는 한 번도 생각해보지 못했다. 나 혼자 중국어 실력을 두고 그녀와 줄다리기하고 있었다. 그녀는 다른 현실의 벽 앞에서 최선을 다해 살아가는 사람이었다. 나도 모르게 한 편의 희극을 만든 것이다.

그동안 나를 치대고 닦달했던 조급함을 되돌아보았다. 장막을 걷어내자 한 줌의 열정이 드러났다. 네가 있었구나. 그녀와 나는 조급함으로 부딪쳤지만, 열정으로 만날 수 있었다. 에너지를 얻은 우리는 밤새워 공부하고 그 시간을 누렸다.

사십은 편안하게 다가왔다. 수료식 날, 그녀와 나는 함께 사진을 찍으며 활짝 웃었다. 사진 속을 걸어 나오는 내 발등에 자형화 분홍 꽃잎이 파르르 떨어졌다.

구원의 시간

- 광저우 선교 역사 여행 -

운명적인 것은 분명 있다. 삶은 운명의 끈을 잡은 자와 외면해 버린 이로 나눌 수 있다.

광저우 선교 유적지 탐방이라는 여정은 가장 좋은 선택이었고, 지울 수 없는 풍경을 남겼다. 운명이라고 말할 수밖에 없는 이 시간을 정리해본다.

나는 2007년부터 2013년 서울로 돌아오기까지 이 일에 미쳐 있었다. 내 안에 있는 열정을 다 끌어다 썼다. 거역할 수 없는 어떤 힘에 이끌렸고, 헤매던 내 삶은 마침내 구원의 빛을 보게 되었다. 그때 몸에 새겨진 것들은 여전히 내 삶의 연료가 되고 있다.

2003년, 주재원 남편을 따라 광저우에 가기 전까지 그곳은 세계지도 위에 있는 한 점에 불과했다. 그리고 살면서 이곳이 중국 내 무역과 상업이 발달해서 경제적으로 부유한 곳임을 알게 되었다. 2007년 중국 기독교 선교 200주년을 위한 행사에 참가하면서 광둥 땅이 중국 대륙에 기독교가 전파되는 창구 역할을 했다는 사실을 알게 되었다. 200주년도 첫 선교사 로버트 모리슨이 광저우항에 도착한 1807년을 기점으로 삼았다는 것은 대단히 홍미로웠다.

근대의 선교 역사를 스치듯 들었는데 이 땅의 지난 과거가 궁금해졌다.

'내가 밟고 있는 땅에 그런 역사가 있었다니, 도대체 이곳 어디에서 그런 일이 벌어졌다는 거지? 오래전 일도 아니고 200년 전의 일인데 말이야.'

이어질 이야기가 궁금했지만, 아는 이가 없었다.

2008년 늦가을, 평소 알고 지내던 선교사가 광저우에 백 년 넘은 교회가 있다며 보러 가자고 했다. 궁금하던 차에 근대사와 관련 있는 현장을 찾게 되었다.

방촌에 있는 독일교회였다. 처음 이곳을 찾았을 때 교회 몸체에는 온통 철근이 박혀 있었고, 본당 밑으로 수로가 뚫리기 때문에 교회를 옮기는 중이었다. 주변에 흙먼지가 날리고 있었다. 이름이 독일교회라는 것 외에는 어떤 사연도 알 수 없었지만 뭉클했다. 아름다운 광경만이 사람에게 감동을 주는 것은 아니다.

'만약 독일교회가 역사 유적지로 잘 단장돼 우리를 맞았다면 이런 마음이 생겼을까? 버려진 예배당의 모습에 이 도시의 귀중한 것들이 가려진 채 존재하는구나.'

바이두를 통해 자료를 찾기 시작했다. 중국 정부는 19세기, 불과 1~2백 년 사이의 일들을 굳이 드러내려고 하지 않았다. 공산주의 국가라는 이념을 떠나 그들의 아물지 않은 상처를 보게 되었다. 아편전쟁이 일어난 1840년부터 열강의 식민지로 전락했던 잃어버린 백년사로 인한 수치와 아픔은 여전히 중국인들에게 남아 있었다. 그 적나라한 현장이 이곳에 있었다. 무심한 그들의 삶 풍경에 슬픔과 아픔의 커튼이 쳐졌다.

나는 21세기 지도를 가지고 19세기 흔적을 찾아다녔다. 선교 관련 유적지들이 모여 있는 곳은 당시엔 번화한 곳이었지만 이제는 구도심으로 변했거나 변두리가 된 한적한 곳들이다. 땡볕 아래 헤매다 유적지의 흔적을 발견했을 때 느끼는 희열은 비죽이 나온 건물의 철골마저 안아주고 싶을 만큼 감격스러웠다. 비밀스러운 나만의 희열은 평온함으로 그리고 몰입으로 이어졌다.

광저우 선교 역사 여행이라는 키워드가 정해지면서 나는 그 축을 따라 움직였다. 잠들기 전 다음 날 할 일을 떠올렸고, 그것은 기대감으로 이어졌다. 선교 역사 여행은 전용 영화관에서 혼자 영화를 보듯 깊은 몰입과 경이로움을 안겨주었다.

역사 여행을 하지 않았으면 지나쳤을 시내 이곳저곳을 찾아다녔다. 역사 유적지는 홀로 있지 않았다. 이 땅의 사람들과 그들의 문화, 정서와 같이했다. 광저우가 아주 매력적인 곳임을 비로소 알게 되었다. '이걸 모르고 돌아갔다면 얼마나 억울했을까' 하는 생각이 종종 들었다.

삶은 연결이다. 유적지 탐방을 통해 이 땅 사람들과 서양인들 간의 접촉이 오버랩되었다. 과거의 일과 지금 눈에 펼쳐지는 현상들, 그리고 화려했던 과거와 대비되게 잔재로 남은 버려진 역사 현장을 돌아보며 이곳에서 이방인인 나 개인의 작은 삶을 되돌아보고 엮어보기도 했다.

혼자 도시 변두리를 찾아다니고 책상에만 앉아 있는 나를 보고 '왜 그렇게 재미없게 사냐'고 하는 이들도 있었지만, 내 마음은 늘 충만했다. 나는 공부한 것이 아니라 대화했다. 역사와 대화했고, 우리를 이끌고 가는 절대자에게 계속 질문을 던졌다.

광둥인들은 자신들의 역사와 문화에 관심 가지는 외국 친구를 반겨주었다. 오후에는 여행을 끝내고 일상이 있는 집으로 돌아왔지만, 내 눈은 데생하듯 세밀하게 사물을 살폈다. 그리고 흥미로운 일상을 글로 남겼다. 역사 여행을 떠나기 전 '여기가 아니면 더 잘살 것 같다'는 허망한 생각을 버렸다. 단조롭던 광저우 생활이 재미있는 일로 가득 채워졌다. 어디를 가든 무엇을 해야 하는지 명료하게 떠올랐다. 다니는 길에 의문은 생겼지만, 의심은 없었다. 그리고 다른 이들도 관심을 가져줄 것이라는 확신이 생겨 힘을 얻었다.

2010년 아시안게임을 개최한 이후 광저우 사회는 전반적으로 많이 변하고 있었다. 그동안 경제발전에 치중해 균형을 잃은 부분을 보완해 나가고 있었다. 종교계도 많이 오픈되었다. 아시안게임 전후로 표지판 하나 없던 선교 유적지에 안내판이 설치되는 가시적 변화 외에도 많은 문서 관련 일들이 활발해졌다. 연합회에서 과거 자료들이 정리되어 정기간행물 식으로 나오고 있었다.

내가 몇 년간 헤매며 겨우 찾아낸 것들을 중국 기독교계는 모범 답안처럼 내놓았다. 그러나 나의 수고가 물거품이 되었다는 허무한 생각은 들지 않았다. 이미 나는 꼬리에 꼬리를 무는 수많은 질문의 답을 찾아가는 일 자체에 빠져 있었다. 여행 중 같이 했던 각별한 경험들은 고스란히 내 삶에 스며들어 풍요와 여유를 주었다.

2011년 광둥 선교 이야기 1탄인 『시님의 빛』이 출간되었다. 그냥 이 좋은 이야기들을 나만 알고 있기에는 벅찬 마음과 책임감 같은 것이 있었다. 엄청난 역사 이야기를 알게 되었고, 스스로 비밀의 문을 연 것 같았다.

한 땀 한 땀 바느질하듯 적은 내용들은 그들의 서사이자 나의 하루였다. 영국인들이 가져온 아편으로 나라가 몰락해가는 상황 속에서 서양 선교사들은 병원을 세워 많은 환자를 치료하고,

학교를 세워 여자들과 청년들을 가르쳐 희망의 씨를 뿌렸다. 자신의 삶을 헌신한 서양의 젊은 엘리트들이 묻힌 묘지를 훑고 지나가는 바람에는 긍휼한 예수님의 사랑이 있었다. 이런 일련의 흐름을 보며 외세로부터 이 땅을 지켜온 대륙인의 강한 자존심과 끈기라는 또 다른 커튼이 드리워졌다.

어느 시인이 작품을 한번 써보라고 권했다. 일기 형식으로 써온 생활의 편린이 다듬어져 문학 작품이 되었다. 2013년 서울로 돌아와 작가로 등단했다. 그리고 에세이 작품집을 내게 되었다. 역사 여행을 통해 얻은 또 다른 선물이다.

2011년 2월부터는 광저우 근대 유적지를 소개, 안내하는 일도 시작했다. 마음속의 탄성을 같이 나누고 싶었다. 지칠 때도 있었지만 안내를 부탁하는 전화가 오면 자동적으로 지도가 든 가방을 들고 달려 나갔다.

좋아서 하는 일이란 이런 건가 보다. 모든 활동은 무료 봉사였고, 진행 비용도 스스로 부담했다. 마음껏 주어도 아깝지 않고 더 넉넉해졌다. 역사 유적지나 유물들은 내가 미처 말하지 못한 것들을 말 대신 어떤 울림으로 전해준다. 그래서 나는 현장을 갈 때마다 다른 느낌을 받았다. 삶이라는 문제에 역사보다 완벽한 해설서는 없다고 했다. 많은 일을 경험했고 그 일과 관련된 사람들의 행적, 그리고 그들의 마지막을 보았다.

서울로 돌아와서 2015년 『시님의 빛』의 보완본 『발로 쓴 광저우 선교 역사 기행』을 출간했다. 나는 광저우를 떠나왔고, 내가 그때까지 한 일을 누군가가 이어주어 안내서 역할을 해주기를 바랐다.

역사 탐구 여행을 하며 과거의 시간을 공부하고 있었지만 그럴수록 오늘 하루가 소중했다. 근대 유적지와 역사 탐구 그리고 쓰는 시간을 통해 당당해지는 자신을 느꼈다. 혼자라는 고립감에서 빠져나와 시간을 통과하는 힘이 생겼다.

작은 질문 하나가 나를 단단하게 만들어주었다. 역사 여행은 나를 구원했다. 나를 나답게 만들고 훈련시킨 여행자로의 수련이었으며, 시공간을 확장하는 혁명의 시간이었다.

공스지

공씨(孔氏) 성을 가진 운전기사를 안다. 우리는 그를 공스지라 불렀다. 공스지는 2008년 무렵에 만나 중국을 떠날 때까지 좋은 이웃으로 지냈다.

우리는 중국에 살 때 이사를 몇 번 했다. 주로 아이들이 다니는 학교 근처로 집을 구했다. 마지막에 살았던 집은 광저우의 동쪽에 있는 과학성이라는 곳이었다. 이곳은 과학기지로 발전시키려는 타운으로 개발 초기의 한적한 변두리였다. 아이들은 그곳에 있는 미국 국제학교를 다녔다. 이 학교는 원래 시내에 있다가 학생 수가 많아지면서 중·고등학교를 과학성으로 이전했다. 우리가 이사했을 때는 땅을 막 파기 시작한 터라 동네의 대중교통이나 기본 인프라가 전무했다.

학생들은 대부분 시내에 거주했고, 셔틀버스를 타고 통학했다. 최대한 학교 가까이 살아야 한다는 생각으로 덜컥 그 변두리에 집을 얻었다. 주거비는 적게 들었지만, 일상이 불편하고 고립무원의 처지였다.

그 와중에 작은아이가 갑자기 다리를 다쳐서 학교에 데려다

줄 자동차와 기사가 필요했다. 사람이 적은 동네에서 잠깐 등하교를 시켜줄 기사를 찾기는 쉽지 않았다. 집에서 학교까지는 근거리로 매일 정해진 시간에 등하교를 도와주는, 별로 돈이 되지 않는 일을 누가 하겠는가? 바쁜 아침 시간과 하교 시간인 오후 3~4시를 맞춰줄 만한 기사는 거의 없었다.

현지 친구들이 구청의 구인란을 알려주었다. 그래서 구청 게시판에 운전기사를 찾는다는 광고를 냈고, 공스지가 신청을 해서 우리와 만나게 되었다.

공스지의 차는 폐차 직전으로 보일 만큼 몹시 낡은 상태였다. 그의 첫인상은 동네 건달처럼 보였다. 작은 키에 동그란 얼굴, 검은 피부, 매처럼 빠른 눈빛은 평범하지 않았다. 공스지는 주변의 아는 사람들에게는 관대했지만 무례하게 구는 이들에게는 단호했다.

고물차라고 은근히 진로를 방해하는 등 장난을 거는 차량이나 일부러 상해를 당한 척 돈을 요구하는 이들이 종종 있었다. 그럴 때면 공스지는 단숨에 이들을 제압하는 카리스마를 보여주었다. 차를 타고 가다 이런 트러블이 생기면 "부파부파(겁내지 마세요)" 하며 나를 진정시키고는, 차를 갓길에 세우고 방해자들을 꼼짝 못 하게 했다. 사람들이 겁에 질려 도망치듯 떠나는 모습을 보며 나는 속으로 웃곤 했다.

공스지는 정식 영업증이 있는 택시 기사가 아니었다. 중국에는 자신의 차로 허가증 없이 영업하는 이들이 적지 않다. 이를 헤이처[黑车] 영업이라고 부른다. 공스지는 중고차로 헤이처 영업을 했고, 그것이 불법이라는 것을 알면서도 형편상 이용할 수밖에 없었다. 오히려 아는 헤이처를 쓰는 것이 익명의 택시를 타는 것보다 안전했다. 외국인이 택시 타고 가다가 실종되었다는 소문이 돌곤 했기 때문이다.

공스지는 우리와의 약속을 변함없이 지켰다. 자신이 오후 시간을 맞추지 못할 때는 친구를 보내서 아들의 귀가를 돕기도 했다. 내 불안한 눈빛에서 자신을 믿지 못함을 눈치챘을 텐데 그는 늘 친절하고 한결같았다.

그리고 언제부턴가 차를 이용하는 시간이 초과되어도 할증료를 받지 않았다. 공스지에게는 손님들에게 받을 만큼만 받는다는 그 나름의 가격 기준이 있었다. 그는 내 전화를 거절하지 않았고, 간혹 급하게 요청해도 가능한 한 들어주려고 했다. 광둥 사람들은 장사에 능하고 돈을 밝히는 것으로 알려져 있다. 공스지는 그곳 사람이었지만, 돈벌이보다는 우리를 돕는 일에 더 관심을 가져주었다.

공스지와 더 친해진 계기가 있었다. 중국에서 십여 년을 살면서 여러 혼란이 나를 괴롭혔다. 그래서 나를 찾고자 시작한 것이 중국 근대사 공부였다. 그곳에 살게 된 운명과 나를 이해하고 싶었다. 그 땅이 궁금했다. 그 관심은 신을 향한 열망으로 연결되고, 범위를 좁혀 광둥 기독교 선교 역사 탐구가 되었다. 이 작업은 책을 두 권 펴낼 만큼 진지함을 가지게 되었다.

광저우에 살면서 교민들에게 광저우의 근대역사 문화지 탐방이나 선교 유적지 안내 일을 하게 되었다. 내 일이 생긴 것이다. 오래된 역사 이야기와 산물을 통해 과거를 알고 오늘의 나를 보니 그 자존감의 벅참은 말로 다할 수 없을 정도였다.

이 일은 공스지에 대한 신뢰가 없었다면 계획하기 어려웠다. 공스지는 오가는 길에서 말없이 운전과 보디가드 역할을 해주었다. 외국인 여자가 들어갈 수 없는 곳도 현지인 공스지가 있어 허락을 받아낼 수 있었다. 공스지는 옛 지명으로 유적지를 찾아야 할 때도, 산속 선교사들의 공동묘지를 찾아갈 때도 묵묵히 도와준 친구였다. 나중에는 면허를 따고 차를 렌트해서 직접 운전하고 다녔지만, 어려운 일정 때는 공스지의 도움을 받았다.

점심을 같이 먹을 때도 있었다. 공스지는 외국인인 나를 배려해서 깨끗한 음식점을 찾았고, 그러다 보니 대부분 가격이 비싼 식당으로 안내했다. 그때 공스지가 식사를 거의 하지 않아 메뉴가 맘에 안 들어서인 줄 알았는데, 그 이유를 나중에 알게 되었다. 하루는 길거리에서 가지, 버섯 등 야채를 기름에 볶은 도시락을 사 먹었다. 맛도 좋고 가격도 저렴했다. 공스지는 웃으면서 식사를 맛있게 했다. 그는 격식을 갖춘 비싼 식당에 익숙지 않았던 것이다.

공스지는 다음에는 거기보다 더 맛있고 많이 주는 곳으로 안내하겠다며 거리 음식을 잘 먹는 나를 보고 즐거워했다. 이날의 식사는 서로의 경계를 허무는 계기가 되었다.

그의 길 안내로 나는 외국인이 쉽게 경험하지 못하는 광둥의 여러 곳을 혼자 여행했고, 길 위에서 감격을 누렸다. 외국 생활이 주는 답답함에서 벗어나 시공간의 범위를 넓혀 잊을 수 없는 장면을 많이 추억하게 되었다.

공스지는 내가 아는 한 최고의 드라이버였다. 그의 차는 오래되고 낡았지만 굉장히 편했다. 운전도 잘했고 길눈이 밝아서 샛길, 지름길 등 모르는 길이 없었다. 내비게이션이 상용되던 때가 아니어서 순전히 감으로 가야 했는데, 웬만하면 시간에 다 맞춰주고, 원하는 곳에 데려다주었다.

우리가 서울로 돌아오던 날, 공스지는 직접 따 왔다며 이름도 모르는 시큼한 과일 봉지를 건넸다. 비행기에는 생물을 들고 탑승할 수 없다는 사실을 모른 채 한국 가서 친지들과 나누어 먹으라고 했다. 그의 순수한 온정에 가슴이 차올랐다.

공스지는 말이 없는 편이었는데, 공항 가는 길에 '이렇게 좋은 곳을 두고 어디로 가냐'며 갑자기 말을 쏟아냈다. 한국에 있는 남편을 오게 해 여기서 살면 안 되겠느냐고 할 때는 웃음이 터질 뻔했다. 공스지에게는 자신이 태어난 이곳이 세상에서 가장 안전하고 좋은 곳이었다.

그는 우리 가정과의 인연으로 한국인과의 접촉을 넓혀갔다. 과학성에 우리나라 대기업 공장이 들어서면서 공스지의 운명도 바뀌었다. 헤이처 기사에서 다양한 차량을 가지고 수많은 손님을 실어 나르는 운수업계 사장이 되었다. 공스지의 친절과 변함없는 우정이 그의 길을 바꾼 것이다.

그 뒤로 광저우를 다시 찾은 적이 있다. 그는 바쁜 시간을 내어 공항으로 마중을 나왔다. 그때 공스지는 중후한 사장님이 되어 있었다. 차 안에서 몇 대의 휴대전화가 쉴 새 없이 울리고, 잠깐의 대화도 힘들 만큼 바쁜 모습이었다. 물론 대부분의 고객이 한국 사람들이었다.

그는 내게 외동아들이 공부를 못해 걱정이라며, 어떻게 해야 공부를 잘할 수 있는지 물었다. 나는 공스지처럼 살면 된다고 걱정하지 말라고 했다. 그의 아들도 아버지를 닮아 분명 낯선 이에게도 친절한 사람일 것이다.

공스지!

당신의 친절과 우정에 감사합니다.

나무 아래서

중국 남쪽에 자리한 광저우는 역사가 2천 년이 넘는 도시다. 수천 년의 시간에 댈 수 없지만 우리가 살아온 이야기도 작은 바람이 되었다. 이곳을 정겹게 느끼게 하는 친구가 있었다. 오래된 도시를 가득 채운 나무와의 만남이었다. 처음 이 도시를 방문하는 사람들은 한결같이 "나무가 참 많군요!"라고 말한다.

그런데 몇 년을 살았지만 늘 가슴 한편이 막힌 듯한 느낌을 지울 수 없었다. 답답함을 뚫고 이곳의 순수한 생명력을 갈망했다. 땅이 끝나고 바다가 시작되는 이 도시는 국제 무역항으로 늘 바빴고, 그 덕분에 이 땅은 풍요를 누렸다. 중국의 젊은이들은 두근거리는 가슴으로 이 도시로 몰려들었다. 이들의 풍요를 자연에서 공감하고 싶었다. 나무와 교감을 나누다 보니 도시가 한 알 한 알 엮여 내게 말을 걸었다. 무심히 지나쳤던 나무들이 속살을 보여주며 다가왔다.

비가 내린 어느 날 정원을 산책했다. 나무들이 포근히 나를 안아주었다. 나무와 꽃들이 물기를 머금고 있었다. 흙냄새에 이끌려 숲에 들어갔던 것 같다. 키 큰 나무들은 윗물을 털어내고, 그 아래 작은 화초들은 아랫물을 뒤집어쓴 채 물놀이가 덜 끝난 듯 아쉬운 표정을 하고 있었다. 비를 흠뻑 마신 나무들은 몸이 불어나 평상시 다니던 화단의 사잇길이 좁아졌다. 나무들 사이로 퉁소 음같이 낮고 굵은 소리가 메아리처럼 들렸다. 생명수를 빨아들이는 경이로운 소리였다. 꿈틀대는 생명의 열정을 동영상으로 목격한 것 같았다.

수종에 따라 다르기는 하지만 광저우 나무들은 수염 기르는 것을 좋아한다. 수양버들처럼 작은 줄기들이 땅을 향해 늘어져 있는 모습을 본다. 순환이 빠르다 보니 중심 줄기에서 삐쳐나온 잔 줄기가 이들의 정체인데, 어떻게든 살려고 몸부림을 친다. 멀리서 보면 말린 고사리 줄기처럼 생겼지만, 만져보면 질겨서 완고함이 느껴진다. 생명은 끈질긴 것, 고집이기도 하다. '나는 아직 비주류지만 너하고는 상대 안 한다'는 듯 강한 자존감을 드러낸다. 자라던 가는 줄기가 땅에 뿌리를 내리면 얼마 지나지 않아 지팡이처럼 자란다. 각각 중심 줄기에 붙거나 비주류끼리 합쳐 하나를 이루기도 한다. 형제 많은 집 아이들이 엄마 등에 서로 업히려 아우성을 치는 듯한 모습이다.

나무들이 토해내는 격정은 아름답기보다 처절하다. 나무가 보여주는 치열한 생존경쟁은 이 도시의 역사이기도 하다. 이곳은 고대부터 해상 실크로드의 출발지로 번성을 누렸다. 2백여 년 전에 일어난 아편전쟁은 아직도 상처를 다 지우지 못한 채 곳곳에 잔흔을 남기고 있다. 영광 뒤에 가려져 이곳 사람들이 치른 무역 전쟁은 지금도 계속되고 있다.

나무뿌리도 땅속에서 더 이상 뻗지 못하고 위로 드러난다. 땅 밑에도 경쟁과 고통이 있다는 것을 여실히 보여준다. 지면에 드러난 뿌리들은 공룡 뼈처럼 굵고 비틀어져 있다. 눈을 갖다 대니 금방 뿌리 끝을 쳐들어 한 대 후려칠 것처럼 꿈틀댄다. 가닥가닥 뻗어나가던 뿌리들은 어느 순간 엿가락처럼 녹아 거대한 뿌리 판이 되었다. 뿌리 판 위에 올라가 살짝 뛰어본다. 강철판처럼 단단하다. 국제 항구를 통해 여러 나라의 진귀한 물건과 문화가 들어왔다. 페르시아 상인들이 가져온 고급 향료와 보석은 이곳 여인들의 마음을 사로잡지 못했다. 인도에서 불경을 가져왔지만 불심은 북쪽으로 건너갔다. 오히려 자신들의 언어와 음식을 세상에 퍼뜨렸다. 광저우 사람들의 심지는 나무뿌리만큼이나 단단하다.

거리에는 수시로 낙엽이 뒹군다. 막 떨어진 잎들을 만지면 여린 것투성이다. 올라오는 새잎 때문에 억울한 구조조정을 당한 것이다. 나뭇잎들은 밀어내고 밀리는 육탄전을 벌인다. 봄이 되면 더욱 진기한 광경이 펼쳐진다. 채 떨어지지 못한 기존 잎에 겹쳐 새순이 올라온다. 초록 잎과 새순이 돋은 연두의 배합은 상추와 깻잎을 포개놓은 듯 절묘하다. 중간중간 연로한 황갈색 잎들이 자리를 잡아, 3세대가 한 지붕 아래 도란도란 살아가는 듯하다. 광저우 사람들은 아침에 만나 차와 간단한 간식거리를 즐기는 습관이 있다. 할머니, 귀여운 손주, 아들 내외가 동그란 원탁에 모여 수다 위에 웃음을 포개는 흥겨운 모습이 떠오른다.

나무들은 자신의 수고를 통해 풍요를 이루었고, 아낌없이 이곳 사람들에게 그늘을 드리운다. 가지가 휘어질 정도로 허리를 굽혀 작열하는 태양을 막는다. 열매와 과일도 풍성하다. 머리 위로 망고와 리즈[荔枝] 열매가 주렁주렁 달렸다고 생각해보라. 보는 것만으로도 부자가 된 기분이다. 꽃은 또 얼마나 지천으로 깔렸는지 모른다. 두견화, 자형화, 목면화 들이 보기에도 탐스럽지만, 그 원색의 빛과 향이 우리의 마음을 잔잔히 덮는다.

나무 아래서 광저우를 바라보았다. 그동안 이곳을 무역 도시로만 여겨 내 마음을 물질에만 묶어두었다. 나무가 숨 쉬고 있는 생명의 도시로 자유롭게 풀어본다.

키가 아담하고 잎이 무성해서 우승컵처럼 생긴 나무들이 승리의 찬가를 부르며 내 안의 소외감을 걷어간다. 이방인으로 사는 것이 어디 외국 생활에서뿐이겠는가. 먼저 마음을 열지 않으면 가족 간에도 주변인으로 맴돌 뿐이다. 벽 하나를 사이에 둔 듯 용건만 전달하는 단답형 대화가 우리를 지루하게 한다. 반토

막의 소통과 반토막의 인간관계로만 채워진다면 절반의 삶밖에 안 될 것이다.

우리의 시간은 얼마나 많은 은유로 싸여 있는지 모른다. 나무와의 온전한 대화는 세상을 바라보는 여유로운 마음을 주었다. 그 넉넉한 품 안에 은유를 풀어가는 묘미가 담겨 있었다. 우리가 볼 수 없는 것들을 들려주는 나무의 이야기는 아직도 끝나지 않았다.

구해줘, 홈즈

중국에 있을 때 잠깐 부동산중개 일을 한 적이 있다. 아파트를 교민들에게 소개하는 일이다. 손님층도 다양하고 요구 사항도 제각각이다. 개인사업을 하는 교민들은 자신의 경제적 형편에 맞게 집을 알아보고, 회사에서 주택비를 부담하는 기업의 주재원들은 정해진 주거비에 맞춰 집을 선택한다. 보통 석 달치 월세에 해당하는 보증금을 걸고 월셋집을 찾는다.

대부분 가구나 가전제품이 갖추어진 집으로 들어간다. 한국인들은 현지인들이 살던 집이나 분양받아 인테리어 한 집을 임대할 때 요구하는 것이 있다. 여기서 재미있는 문화적 차이가 드러난다.

대표적으로 한국인들은 용량이 큰 세탁기를 필요로 한다. 한국은 12kg이 기본 용량이지만, 여기는 커 봐야 6~7kg이다. 중국 내에서는 10kg 이상 되는 대용량 세탁기를 아예 생산하지 않는지 양판점에 가도 없다.

집주인들은 놀란다.

"그 큰 세탁기가 왜 필요하죠?"

"이불을 빨아야죠."

한국 엄마들은 본국에서 가져온 두꺼운 이불을 빨아야 직성이 풀린다. 이곳 사람들은 침구류 외에는 이불이라는 것이 거의 없다.

냉장고도 비슷하다. 최근 들어 투 도어 냉장고가 나오기 시작했는데, 이들이 주로 쓰는 제품은 커 봐야 중형 정도다. 날씨가 더운 지역이라 큰 냉장고를 쓸 것 같지만, 실상은 전혀 아니다. 가정의 작은 냉장고도 대부분 텅 비어 있다. 광둥 사람들의 식습관을 보면 신선한 재료를 바로 기름에 볶아 먹고 끝낸다. 식재료를 냉장고에 장시간 보관하는 것을 그들은 이해하지 못한다.

그리고 더운 여름에도 이열치열(以熱治熱)이라고 물이나 음식도 차가운 것을 먹기보다는 뜨거운 물과 차를 즐겨 마신다. 내가 시원한 물을 벌컥벌컥 마시는 것을 본 광둥 친구가 "피가 뜨거운데, 그렇게 찬 것을 먹으니 피가 놀라겠다"고 농담한 적이 있다. 냉장고뿐 아니라 주방용품도 의외로 간소하다. 외식을 많이 하는 이 사람들의 식습관과도 관련이 있다고 본다.

그리고 조명에 대한 생각도 우리와 다르다. 한국에 비해 중국은 전력 사정이 좋지 않다. 에어컨 사용이 늘어나 전력 소모가 많은 한여름에는 공장들이 돌아가면서 쉰다. 그 때문인지 우리나라에 비해 조명 빛이 어둡다. 그 대신 외관을 중시해서 전등은 과장되다 싶을 정도로 화려하다.

집 안의 조명은 기복 신앙과도 연결되어 백열등을 많이 사용한다. 이들은 단순히 인테리어 이상의 의미를 두고 조명에 신경을 많이 쓴다. 한국 사람들은 일단 집에 들어가면 빛이 희미한 백열등의 침침함을 못 견뎌서 기존의 화려하고 값비싼 전등을 내리고 간편한 형광등을 달아 달라고 요구한다. 그러면 집주인은 이해가 되지 않는 얼굴로 "이게 얼마짜리인데" 하며 진짜 필요 없느냐고 몇 번을 묻곤 한다.

가구 색깔도 우리는 연하고 밝은 파스텔 톤을 선호하는 데 비해 이들은 중후한 느낌의 브라운 컬러가 주를 이룬다.

겨울의 동판도 필수 조건으로 자리를 잡아가고 있다. 전기온돌판을 말하는데, 교민들은 주로 거실 바닥에 동판을 깔고 겨울을 보낸다. 겨울에 중앙난방이 되지 않아 영상 1~2도의 날씨에도 한국 엄마들은 어슬어슬 우울한 날씨를 힘들어한다. 하루 종일 동판에 누워 무력하게 보내는 경우가 많아 동판은 한국 사람들의 겨울 필수품이다.

집주인들은 광둥 지역보다 북쪽에 있는 한국에서 온 사람들이 추위를 못 견디는 것을 이해하지 못한다. "너희 나라는 겨울에 눈도 오잖아" 하며 고개를 갸우뚱거린다. 우리와는 다른 추위가 있음을 설명하기 어렵다. 추위를 기온으로만 말할 수는 없는 것이다.

집주인들은 보통 임차인들의 요구 사항을 들으면 "카오류이샤(고려해볼게요)"라고 하며 답을 주지 않은 채 몇 주를 보낸다. "왜 된다, 안 된다 말씀이 없으신 거예요?" 마음이 급한 한국인들은 일이 틀어졌는지 혹은 무슨 꿍꿍이속인지 의심하기도 한다.

한국인들은 중국인들이 고려해본다고 말하는 그 비교적 긴 시간을 수긍하지 못한다. 하루면 충분한데 무엇을 그리 생각한다는 것인지 화를 낸다. 어떤 주인들은 그동안 해외여행도 다녀오고, 대부분은 자기 급한 일을 다 본 뒤 천천히 결정한다. 중국인들의 만만디 습관이다.

"돈이 많은가 봐요."

"집이 비어 있는데도 급하지 않은가 보네요."

그들의 의사결정 속도가 우리와 다르니 뾰족한 방법이 없다. 시간을 두고 신중히 생각하고 자기 나름대로 다 알아보고, 그들은 천천히 답한다. "커~이" 혹은 "씨~잉"이라고. 가능하다는 뜻이다. 간단한 이 한마디에 씨~잉 날아갈 것 같다.

다락방

아이들은 차에서 잠들었다. 주차장 입구라는 화살표를 따라 차는 성큼 들어섰다. 중앙난방이 되지 않는 아파트 안을 떠올리며 서로의 체온으로 냉기를 가시게 하는 예열시간을 저울질했다. 적당한 조명과 지하의 포근한 분위기가 아이들의 곤한 잠을 데워주었다. 시동을 끄고 아이들이 깰 때까지 차에 머물렀다.

평안히 잠든 두 아들과 오랜만에 집에 돌아와 운전대를 잡은 남편의 옆모습을 보며 안락함이 밀려왔다. 지하 주차장이 다락방으로 이름이 바뀌는 순간이다. 땅 밑 지하 요새는 더 이상 바퀴가 쉬는 곳이 아니라 서서히 내 영혼의 액셀을 내려놓는 평안으로 채워졌다.

어둠이 떠다니는 지하공간이 환해졌다. 사람보다 차가 많은 그곳에 푹신한 소파와 벽난로가 놓이고, 온기가 피어나는 아늑한 곳으로 바뀌었다. 어디선가 책 향도 묻어 나오고 있었다.

주차장 천장 무늬는 기하학적으로 꾸며져 있다. ㄱㄷ자 모양의 각종 파이프가 이리저리 줄을 치고 있다. 원통과 긴 사각형 모양 금속물이 천장에서 약간 떨어질 듯 질감도 느껴져 아슬아

슬해 보인다. 바닥은 직사각형으로 금을 그어 번호로 한 곳 한 곳 철책을 쳐두어서 가벼운 긴장감도 느껴진다.

간간이 켜져 있는 실내조명도 어둠의 세력에게 유혹의 손길을 보낸다. 어쩌다 구석에서 청소부 아저씨가 불쑥 나타나면 발걸음이 빨라졌다.

지하 주차장이 안락한 공간으로 바뀌어가고 있을 때 머릿속에서는 또 다른 방이 오버랩된다.

어릴 적 집에서 한참 떨어진 곳에 만화방이 있었다. 언제부터인지 돈만 있으면 만화를 보러 갔다. 가장 친한 친구가 범인이 되는 탐정 이야기나 억울하게 성에 갇힌 비련의 공주 시리즈는 내가 경험하지 못한 아련한 세상을 상상하게 했다. 만화방은 혼자만의 다락방이었다.

드르륵, 문을 열면 여러 명이 앉을 수 있는 기다란 나무 의자, 스펀지가 터져서 앉으면 미끄러질 듯 윤이 나는 낡은 소파가 나를 반겼다. 나는 가장 구석진 서가 밑에 자리를 잡고 만화 삼매경에 빠졌다.

만화방에는 늘 보는 사람들만 있었다. 고등학생 오빠부터 미장원 언니, 정육점 아저씨 그리고 나 같은 조무래기 친구 등 구성도 다양했다. 그곳에는 나이 순서대로 서열이 정해진 바깥 세계와는 다른 질서가 있었다. 다양한 사람들이 있지만 아무도 나를 방해하지 않았고 관심도 없었다. 다수 속에 홀로 있는 해방감이 좋았다. 어른들과 어깨를 나란히 하고 만화를 보는 나는 이미 세상을 다 알게 된 것 같았다.

중앙에 연탄난로가 있었고, 주인아저씨는 노란 양은 냄비에 물을 가득 붓고 오뎅을 만들어 팔았다. 만화를 보며 쫄깃한 오뎅을 먹는 기쁨에 눈물이 찔끔 났다. 아무도 나를 찾지 못할 것이라는 안도감, 빠져드는 몰입의 기쁨 그리고 사는 동네를 벗어나 낯선 곳에 왔다는 일탈감에 뿌듯해지기까지 했다.

지하실에서 다락방을 떠올리고 그의 이름을 불렀을 때 천장 위의 파이프 속에 저장된 듯 지난 시간의 기억이 터져나왔다. 어울리지 않는 대상들이 하나가 되어 내게 말을 걸고 생기를 더해준다.

꽤 오래 이곳저곳을 돌아다닌 듯했지만 결국 한곳에서 맴을 돌고 있지 않은가. 반가운 해후다.

무정한 선불제

몇 해 전 여름, 우리가 살던 광저우를 두 달간 떠나 있었다. 아이들 개학 즈음에 돌아와보니 비어 있던 집에 예기치 않은 일이 벌어져 있었다. 집 안에 전기가 끊긴 것이다. 전기 설비의 문제가 아니라 전력 공사에서 우리 집 전기를 차단한 것이다.

지금은 두 달에 한 번씩 전기요금 청구서가 날아온다. 전기요금을 후불로 낸다는 사실에 하늘을 날아갈 듯하다. 1년 전 살던 아파트에서는 전기요금뿐 아니라 전화비 등 공공요금을 선불로 내야 했다. 이 나라에서는 세금을 받는 방법도 사는 곳에 따라 약간 다르다. 변화 속도가 빠른 곳에서 나타나는 과도기적 현상이 아닐까.

미리 돈을 정해진 통장에 적립하면 그 돈만큼 서비스를 받고, 부족한 돈을 다시 넣지 않으면 전화든 전기든 불통이 되니 여간 신경 쓰이는 일이 아니었다. 그 요금에 해당하는 전기량이 언제 바닥날지 알기 어려웠다. 물론 두꺼비집에 전력량을 점검하는 눈금 표시가 되어 있고, 용량이 거의 떨어져가면 빨간 불이 깜박거린다. 그러나 익숙지 않은 먼저 돈, 나중 사용이라는 낯선 방식은 적절한 때를 확인해야 한다는 사실을 자주 잊어버리게 했다.

광저우에 사는 교민들은 대부분 자기 소유의 집이 아니라 매달 월세를 내는 집에 산다. 집주인에 따라 관리비나 공과금 등을 자기 돈으로 미리 내고 나중에 환산해서 받는 경우도 있지만, 우리 집 주인은 뭐든 돈을 세입자에게서 미리 받아 자신이 직접 내야 직성이 풀리는 성격이었다. 그래서 방학이 다가올 때 전기요금 명목으로 돈을 건네주었다.

그런데 집주인이 그만 잊어버리고 통장에 적립하지 않았다. 우리가 떠나자마자 곧 적립금 잔고가 바닥났고, 전력회사는 가차 없이 관리소 안에 있는 우리 집 전기 스위치를 내려버리고 말았다. 이곳은 아열대 지방으로 방학이 시작될 즈음 40도를 웃도는 혹서기로 진입한다. 무더위가 기승을 부리고 정전이 되었다고 해서 빈집이야 별 탈이 있겠는가.

다만 냉장고 안이 문제였다. 한국 주부들이 사용하는 냉장고 속 형편은 어디나 비슷할 것이다. 더워서 상온에 보관할 수 없는 된장, 고추장을 비롯해 고춧가루, 젓갈류 그리고 건어물 등이 냉장고 안에서 대기 중이었다. 이 물건들이 그대로 썩어버렸다. 고약한 냄새가 우리 집을 넘어 아파트 아래위로 퍼져나가 이웃들의 투서가 빗발쳤고, 나와 연락이 두절된 집주인은 중간에서 발을 동동 굴렀다고 한다.

반달쯤 지나 다른 일로 전화를 했다가 그 사실을 알게 되었고, 도와줄 사람을 보내 수습할 수 있었다. 빨리 비용을 내라는 초청장인 단전(斷電)의 혹독한 맛을 사람 대신 냉장고 안 음식들이 고스란히 받은 것이다. 이름도 모르는 이웃 주민들은 그해 여름을 악취로 보내야 했다.

공공요금뿐 아니라 무엇이든 선불로 받는 제도는 체납의 고민도 없고 간편해 보인다. 전기요금의 경우 절전 효과도 있어 공익을 위해 좋은 것이라고 스스로 위로도 해보았다. 하지만 이미 후불 근성에 젖은 나에게 선불제는 억지로 따라야 하는 부담스러운 제도였을 뿐이다.

우리 것과 달라 민감하면서도 자칫 방심하게 되는 전기요금 선불제는 일상의 스트레스였다. 한밤에 갑자기 불이 나가 정전인 줄 알고 기다리고 있다가 다른 집에 불이 켜져 있는 것을 보고 전기요금 부족이라는 새로운 상황을 접한 신출내기 한국 엄마의 소동. 1년치에 해당하는 막대한 전기요금을 적금 붓듯 미리 주인의 통장에 넣고는 한동안 신경 쓰지 않아도 된다며 안도하는 모습들. 모두 부자연스러웠다.

악취가 구석구석 배어 있는 집으로 돌아와 창문을 열었다. 가슴 밑에서 서운함이 올라왔다. 음식이 상해버려서 아까운 것도 있고, 집주인의 실수지만 온 동네에 썩은 냄새를 풍긴 죄를 뒤집어쓴 억울함도 마음 한편에 깔려 있었다.

홍콩에서 이사 온 옆집 할머니는 악취 사건 후 얼음 같은 눈빛으로 나를 대했다. 몇 번이나 사과했지만 화도 내지 않고 무표정하게 지나갔다. 아예 상대하지 않겠다는 매몰찬 모습이었다.

할머니 집은 복도 쪽에 부엌이 있다. 간간이 작은 창문을 통해 계량기에 정량을 맞춰 요리하는 모습을 보곤 했다. 깡마른 데다 옷차림도 단정해 허술한 데가 보이지 않는다. 나한테 이야기할 때도 중국어가 아닌 영어를 쓰곤 했다. 매사 철두철미한 할머니의 입장에서는 전기요금을 내지 않아 한여름에 고약한 냄새를 풍겨 자신들의 생활을 침범한 처사를 받아들이기 어려웠을 것이다. 상식 밖의 일을 벌인 사람과는 상종하지 않겠다는 그런 분위기였다.

나보다는 할머니가 피곤하시겠다는 생각이 들었다. 내가 따지고 들면 집주인의 실수를 추궁할 수 있었겠지만, 냉장고 사건 이후로 집주인의 태도가 누그러졌다. 이전에는 매월 월세를 받으러 직접 왔는데 은행에 넣어 달라면서 맞대면을 피했다.

집주인이 그렇게 미안해하는 것으로 족했다. 들쑤셔봐야 서로 피곤해질 테니까. 이사하는 날에도 옆집 할머니께 인사를 드렸는데 반응이 없으셨다. 옆에 서 계시던 할아버지가 면목이 없는지 할머니의 팔꿈치를 건드려도 꿈적 안 하셨다. 냄새도 없어진 지 오랜데……. 집으로 들어가시는 두 분의 발걸음이 처음 뵐 때보다 눈에 띄게 느려져 있었다.

전력회사는 원칙대로 했다. 물론 잘못된 것은 없지만, 한 번쯤 집주인에게 전화해서 전기를 끊는다고 경고는 했어야 하는 거 아닌가. 아파서 은행에 갈 수 없는 사람들도 있을 텐데. 받아줄 이도 없는 괜한 넋두리가 나왔다.

미리 돈을 받고 인간의 기본적 필요를 풀어주는 선불이라는 제도가 무정했다. 하기는 공공요금만 선불이겠는가. 나 또한 늘 그대에게 먼저 달라고 하지 않는가.

겨울 연가

겨울이 성큼 다가왔다. 라디오에선 내일 기온이 영하로 떨어진다며 떠들썩하다. 눈이 오기엔 아직 이른데, 비라도 올 듯 하늘은 잔뜩 찌푸리고 있었다. 길을 오가는 이들은 옷깃을 여미고 총총걸음으로 어디론가 사라졌다.

아! 다시 왔군요, 친구.

겨울과 맨몸으로 만난 뒤, 이 추운 시간이 반갑다.

중국 남쪽 지방에 살 때였다. 그곳은 아열대 기후 지역이라 덥고 축축한 날씨가 오랫동안 대지를 뒤덮고, 겨울이 와도 영하로 떨어지지 않는다. 하지만 겨울 추위는 삭신을 욱신욱신 파고들 만큼 매섭다. 중국 동북의 영하 20도 맹추위 속에 살던 분들도 맥을 못 출 정도다. 겨우 영상 5도 전후인데 말이다.

중국의 경우 북위 33도 이남 지역에는 법적으로 중앙난방 시설이 금지된다. 내가 살던 곳은 중국의 최남쪽이었다.

밖의 냉기를 데워줄 시스템 난방이 집 안에 없다. 중앙난방이 안 되니 실내가 바깥보다 더 냉골이다. 안에서 위로받지 못한 추위가 이렇게 매서울지 몰랐다. 현관문을 열고 들어가면 냉기가 맘 놓고 떼쓰는 아이처럼 기승을 부렸다. 바깥에서 곱은 손은 집 안에서도 잘 펴지지 않아 빨리 난로를 켜야 했다. 겨울 추위는 단단히 마음을 정한 듯 그렇게 쉴 틈을 주지 않고 몰아닥쳤다.

외출했다 돌아올 때면 아이들을 따뜻한 차 안에 있게 하고 먼저 집에 올라와 히터를 틀고 싸늘한 실내를 예열했다. 중국은 아파트를 분양할 때 마오피[毛坯]라 해서 내장 인테리어를 하지 않은 채 기본 골조만 지어서 파는 경우가 많다. 실내 인테리어는 사는 사람들이 직접 해야 한다. 나도 사람을 사서 직접 방을 만들고, 문을 붙이고, 창문을 달았다.

그런데 그곳의 긴 여름만 생각해서 창호나 문 공사를 너무 허술하게 한 게 문제였다. 더군다나 우리 집은 꼭대기 층 가장자리였다. 이층 복층 구조여서 천장은 높고 옥상정원까지 있어 창문, 문틈, 벽으로 동네 추위가 우리 집으로 다 몰려오는 것 같았다.

문틈으로 벽 금 사이로 스멀스멀 들어온 한기는 촘촘하게 방 안을 덮었다. 낮에는 햇빛이 추위를 그나마 덜어주지만, 주위가 어두워지면 긴 밤을 어떻게 보내야 할지 걱정이 앞섰다. 작은 난로마저 잠들기 전에는 꺼야 했다.

온풍기를 틀면 금방 건조해서 공기는 덥고 호흡은 불편했다. 전기장판도 알레르기 때문에 깔 수 없어서 온전히 체온으로 견뎌야 하는 지루한 밤이 다가왔다. 침대에 눕기 전 장갑을 끼고

목도리를 하고 두꺼운 외출용 양말을 신었다. 하지만 탄력이 붙은 냉기는 군대를 만들어 달려들었다. 유일하게 온기가 있는 내 몸은 으스스한 귀신들에게 시달려 잠을 못 이루곤 했다.

추위를 살며시 넘길 요량이었는데, 이곳 겨울은 그것을 용납하지 않았다. 결국 겨울을 함빡 받아들일 수밖에 없었다. 이불 속 열이 달아날까 봐 몸을 뒤치지도 못하고 칠흑 같은 어둠 속에 홀로 있었다. 사물은 얼어붙었고, 입김만 폴폴 날려 나방 가루처럼 흩어졌다.

추위는 고요도 나누어주었다. 집 안은 가라앉고 동네는 괴괴했다. 살아 있다는 사실이 신비로웠다. 생은 잡힐 듯 온몸의 촉을 세웠고, 똑딱똑딱 소리를 내며 통과하고 있었다.

겨울 문을 열면 냉동고 식품처럼 똘망똘망한 사물이 나를 쳐다본다. 나무가 빈 가지로만 하늘을 바라보는 겨울, 비로소 어린 내가 보인다.

아들의 노래

광둥 친구들을 만났다. 점심을 같이 먹고 한창 꽃이 만발한 강변으로 드라이브를 하기로 했다. 얌전한 지아웨이가 운전을 하고, 수다스러운 수이취가 그 옆에 앉았다. 나는 뒤에서 차창 밖에 펼쳐지는 봄의 향연을 느긋이 바라보고 있었다. 지아웨이가 노래를 흥얼거리기 시작했다.

"담담쥔 곡파원 차오마이뱅~(둥글게 돌자. 국화꽃 모양처럼 둥글게 원을 만들어 돌자)."

천천히 부르는 단조로운 음률이 감미롭다. 멜로디를 타고 흐르는 광둥 말이 밀크티처럼 부드럽다. 전래동요 같은 느낌이 들어 물으니 서관 동요라고 한다. 아, 그 유명한 서관에서 전해져 불리던 노래구나.

서관(西关)은 중국 광저우 서쪽에 있는 구시가지를 통칭하는 이름이다. 광저우의 전통은 이곳에서 비롯된 것이 많다. 지아웨이는 외할머니가 잠재울 때 불러주던 노래라며 중얼거리듯 부른다. 요즘 사업이 잘되지 않아 속이 상한 지아웨이는 답답한 마음을 자신도 모르게 할머니의 자장가로 풀어내고 있었다.

언제부턴가 아들이 노래를 부르기 시작했다. 우리 집에 전화하는 사람들은 "누가 노래를 부르는군요. 집에 뭐 좋은 일 있어요?"라고 묻곤 했다. 아들의 노래는 아침에 일어나서 잠들 때까지 계속되었다. 아침에 일어나 샤워하면서, 학교 가는 차 안에서, 식사 시간 때는 국을 내오는 그 막간 시간에도 흥얼거렸다. 집 안을 왔다 갔다 하며 부르는 것은 예사였다.

내 귀는 아들이 노래를 부르든 부르지 않든 구별이 없어져 버렸다. 아들 자신도 노래를 부르고 있다는 생각을 안 하는 듯했다.

통화를 하는데 상대방의 말이 노랫소리 때문에 잘 들리지 않은 적이 있었다. 잠깐만 있다가 부르라고 손짓했는데, 무엇을 멈추라는 것인지 아들은 금방 알아차리지 못했다. 노래가 본능적으로 나오고 있었던 것이다. 물이 가득 차면 흘러넘치듯 가슴속을 메운 얘기들이 노랫소리로 나오고 있었다.

몸에서 바로 입술을 통해 내는 소리, 생각을 거쳐 고상하게 하지 않고 원초적인 것 그대로 몸의 노래를 내보내고 싶었나 보다. 노래를 옆에서 부르지만 멀리서 들려오는 듯 아득함이 소리에 묻어 있다.

아들은 몇 년 전 힘든 시기를 보냈다. 중학교 2학년 때 학교에서 축구하다 오른쪽 다리 정강이뼈가 심하게 골절되었다. 결국

한 학기를 휴학했고, 나머지 일 년은 휠체어와 목발에 의지한 채 힘들게 생활해야 했다. 중국 병원에서 초기 깁스가 잘못돼 시간이 지나 수술을 다시 받아야 하는 어려움도 있었다.

또 골절된 뼈가 잘 붙지 않아 회복하는 데 시간이 오래 걸렸다. 병원에서도 드문 경우라며 속수무책이었다. 한 달에 한 번 뼈가 붙는지 살펴보기 위해 병원으로 검진을 갔다. 우리에게는 선고를 받는 날이었다. 병원 가는 아침이면 아들은 소파에 앉아 눈을 뜨지 않았다. 병원에서 엑스레이 사진을 볼 때 아들의 눈에는 엉긴 가시처럼 빨간 거미줄이 쳐져 있었다.

깁스를 다섯 달 동안이나 했다. 아들의 영혼도 석고 상자에 갇힌 채 긴 기다림과 싸워야 했다. 재활 운동을 도와주던 물리치료사는 걷는 데 일 년 반이 걸리면, 몸을 완전히 회복하는 데는 그보다 두 배의 시간이 걸린다고 말했다. 옆에 있는 엄마가 마음을 느긋이 가지는 게 중요하다고 했지만, 암암리에 아픈 아이의 마음을 얼마나 재촉하고 건드렸을까.

뼈가 부서지는 아픔이라고 표현할 정도로 골절의 고통은 극심하다고 한다. 중국 병원은 보수적인 진료 특성상 진통제도 잘 주지 않는다. 생으로 골절의 고통에 끙끙대는 아들 옆에서 나는 한순간의 아픔도 줄일 수 없었다. 아들이 깁스한 다리가 간지러워서 내 손을 꽉 잡을 때도 바보처럼 가만있었다. 집에서든 산

보하러 나가든 앉은 높이만큼만 세상이 보였을 텐데, 아이의 변한 상황에 잘 맞추지 못했다.

그즈음 아들이 노래를 부르기 시작했다. 아들의 노래에는 갑옷처럼 무거운 지난 시간의 그늘을 털어내는 가벼움이 있다. 지난했던 시간을 옷장 안에 철 지난 옷 걸듯 태연해하는 몸짓에 코끝이 찡해온다.

아들은 이제 두 다리로 땅을 페달 삼아 씩씩하게 걷는다. 건장한 양다리 엔진의 힘이 아이의 심장으로 들어가 동맥을 통해 사지로 노래를 보내준다. 노래하는 것은 몸과 마음의 균형을 잡아가는 추라 했다. 과학자 알프레드 토마티스는 발성된 소리는 입에 있지 않고, 몸에 있지도 않으며, 뼛속에 있다고 했다. 노래하는 것은 실제로 신체의 모든 뼈라고 한다. 뼈가 중심을 이루어 그동안 느리게 작동하던 신체의 각 기능이 화음을 이루어 노래하는 것이다.

아들의 몸이 하나가 되어 합창한다. 그동안 닫혔던 답답한 마음의 문을 열어놓고 지지배배 노래한다. 아들은 자주 내 어깨를 잡으며 같이 노래하자고 한다. 아들과 노래를 부른다. 작은 평화와 기쁨이 파문을 일으키며 누군가의 삶으로 흘러 들어가리라.

아마도 내가 타인에게 1cm라도 가까워졌다면 아들의 노래가 위로한 흔적들이리라. 함성을 지르는 승전고도 있지만 아들의 노래처럼 잔잔히 파고드는 승리의 모습도 있다. 아마도 그리 단숨에 이겨낸 시간이 아니라 승리의 트럼펫도 길게 길게 부르는 것이지 싶다.

어느새 지아웨이가 부르던 노래를 수이취도 따라 부른다. 그들이 함께 부르는 노랫소리에 스르르 잠이 온다.

2
부

리즈의 독백

나는 리즈[荔枝, 리치] 나무다. 옛날 임금님들도 먹기 힘들었다는 과일 중 귀족이다. 우리 리즈 일가는 지금 중국 남쪽 도시 정청[增城]이라는 곳에 살고 있다. 이곳에서 나는 리즈 열매는 가장 맛있는 특등품으로 평판이 나 있다. 요즘도 이 지역 여름 과일 중 가장 사랑을 받지만, 우리 가문의 르네상스는 당나라 때였다. 왕이 사랑하는 양씨 성을 가진 여인이 리즈를 좋아해 우리 가문이 알려지게 되었다. 시인들과 화가들이 리즈의 달콤한 맛과 향에 빠져 우리 동네를 다녀갔다.

시간이 흘렀다. 세상은 변해갔고 기세등등하던 가문도 몰락의 길을 걸었다. 후손들도 뿔뿔이 흩어졌다. 이전에 누리던 영화에 비교할 수 없지만, 나는 조상의 고향을 지키고 산 덕분에 세파를 비껴갈 수 있었다.

내가 사는 곳은 조그만 마을을 옆에 끼고 산들로 둘러싸인 옴폭한 골짜기이다. 나뿐 아니라 식솔들과 함께 도란도란 살아가고 있다. 이 지방 특유의 습하고 자주 오는 비는 우리를 살찌게 했다. 매년 탐스러운 열매를 맺었고 손자들도 쑥쑥 자라났다. 크지 않은 골짜기지만 이 땅을 물려받은 것이 뿌듯했다. 이곳을 잘 지켜 아이들에게 이어주는 것이 내 남은 소망이다. 이 골짜기는 경계가 모호했다. 어디에서 어디까지가 우리 것인지 따지는 이도 없었고, 우리 또한 리즈 나무가 있는 곳이면 모두의 것이라고 여겼다.

비가 부슬부슬 내리는 어느 날 낮잠을 즐기고 있었다. 골짜기에 걸쳐 있는 하늘에서 먹구름이 몰려왔다. 검은 세단을 탄 사람 몇 명이 찾아왔다. 골짜기를 찬찬히 둘러보았다. 용광로 색깔을 닮은 주황색 굴삭기를 밀며 사람들이 나타났다. 산 가까이 있는 나무들과 꽃들이 굴삭기로 쓸려나가기 시작했다. 큰 나무들은 뿌리째 뽑혀 어디론가 실려 가고 또 실려 갔다. 밤이 와도 자지 않고 불을 켜둔 채 일을 했다. 몇 달 만에 처녀의 탐스러운 머리카락 같았던 울창한 숲이 대머리가 되어 붉은 토사를 드러내고 말았다. 지렁이와 달팽이가 꾸물꾸물 이사하기 시작했다.

골짜기 한가운데 넓은 들판에는 농장이 자리 잡고 있었다. 끝이 보이지 않는 밭에 이곳 사람들이 좋아하는 차이신이라는 채소가 자라고 있었다. 흙에서 봉긋 솟아난 얼굴로 한들한들 바람에 맞춰 춤을 추는 노란 꽃은 아버지 앞에서 재롱부리는 어린 딸처럼 귀여웠다. 청경채나 향채 등은 풍성히 대지를 덮으며 햇살에 윤기를 더하고 있었다. 밭 한가운데 작은 연못이 있었다. 그곳은 수로를 통해 골짜기에서 내려오는 물을 받았다. 햇볕에 수면이 데워진 오후 한때면 닭과 오리가 놀러 와서 헤엄을 치며 파드닥거렸다. 우리는 밭 가장자리를 감싸안아 작물을 보호했고, 골짜기 여기저기에 서서 파수꾼처럼 농장의 평화를 지켜냈다.

산을 밀었던 굴삭기는 멈추지 않았다. 불도저와 트럭까지 동원해서 농장의 중심부로 진격해 들어왔다. 삽시간에 밭을 엎어버렸다. 오리와 닭들은 전날 밤 트럭에 실려 어디론가 떠나고 연못은 흙으로 덮여버렸다. 농장의 흙을 파헤쳐 아무것도 없는 빈 땅에 푸른 잔디를 심었다. 윙윙거리는 기계가 우리 옆을 지나쳤다. 사이사이 높은 철골조를 세우고 그물망을 치기 시작했다. 새 친구들은 팔을 벌려 잔디가 펼쳐진 그곳을 보호하고 있었다. 새로운 파수꾼이 생겼다. 그물망 사이로 잔디밭 안에서 일어나는 일을 볼 수 있었다.

서커스 할 때 임시 천막을 치듯 지붕이 뚫린 울타리 안에 사람들이 나타나기 시작했다. 잔디밭이 시작되는 곳에 발판을 만들고 옆으로는 칸막이를 쳤다. 사람들은 경계에 서서 우리를 쳐다보았다. 그들의 발밑에는 하얀 공이 놓여 있었고 손에는 쇠막대기가 들려 있었다. 사람들은 엉덩이를 빼고 우스꽝스러운 오리궁둥이 자세로 발밑의 하얀 공을 치기 시작했다. 이상한 공연이었다. 누구도 잔디밭으로 나오는 이는 없었다. 그 자리에 서서 공을 칠 뿐이었다. 간간이 공을 수거하는 장난감 같은 차가 장막을 치고 우리 시야를 지나쳤다. 다음 막을 알리는 표시인가 침을 삼켰지만, 공을 치는 소리만 들릴 뿐 주위는 적막했다. 이 간단한 서커스를 위해 저 많은 골짜기의 식구들이 전쟁을 치렀다는 것이 믿기지 않았다.

이전에 이맘때쯤이면 골짜기에 아이들의 웃음소리가 넘쳤다. 일 년 중 가장 바쁜 여름이 다가오면 모두 기대와 긴장감으로 밤잠을 설치곤 했다. 가지마다 열매를 맺느라 뿌리에서 영양분을 나르느라 아우성쳤다. 주말이 되면 가족들이 골짜기를 찾아왔다. 나무마다 가족들이 배정되어 맘껏 하루를 같이 놀았다. 가지마다 주렁주렁 열린 빨갛고 푸르스름한 열매를 따서 들고 신나 했다.

리즈 열매는 겉이 오돌토돌해 손안에서 굴리며 놀기도 했다. 껍질은 단단해 보이지만 손톱으로 누르면 의외로 쉽게 열려 그 짜릿함을 즐겼다. 푸르스름하고 불그죽죽한 껍질 속 하얀 속살이 드러나고 단물과 향기가 흘러나왔다. 얼른 입을 갖다 대며 까르르 웃는 모습을 보노라면 리즈 나무로서 여간 보람 있는 게 아니었다. 많이 먹으면 입 언저리에 열꽃이 핀다고 어른들은 아이들을 타이르지만, 돌아갈 때는 모두 입술 주변이 벌겋게 되었다. 밭에 나는 싱싱한 채소를 뽑아 밥을 해 먹고 우리가 만들어준 그늘에서 어른들은 낮잠을 자고 아이들은 오리들과 물장구를 쳤다. 비단결같이 고왔던 황후의 손길은 잊혀진 지 오래지만 골짜기에는 잔잔한 평화가 머물렀다.

그러나 이 모든 것이 한순간 사라져버렸다. 오전 내내 비가 왔다. 흠뻑 젖은 공들이 잔디밭에 널려 있다. 농장에서 쫓겨난 오리들이 수천 개의 공이 되어 뒤뚱거리며 달려올 것만 같다. 나는 이제 홀로 남은 리즈 나무가 되었다.

- 2012년 11회 동서문학상 수상작

환대의 도시

2천 년의 세월 동안 이르고 떠나는 사람들이 만나던 환대의 도시. 긴 항해의 애환이 담겨 있는 곳을 다녀왔다. 그 도시에서는 하늘을 향한 기도가 끊기지 않았다.

비행기는 남쪽으로 3시간을 날아갔다. 도착한 곳은 중국의 광저우라는 도시였다. 2003년 광저우 공항은 버스터미널처럼 작고 볼품없었다. 지금은 바이윈 국제공항이 생겨 세계 속 광저우를 상징하고 있지만 그때를 떠올리면 격세지감을 느낄 따름이다. 비행기에서 내릴 때 훅 다가온 아열대의 습기와 더운 공기는 앞으로 만만치 않은 이 도시의 삶을 예고하는 듯했다.

시간은 털거덕 지나갔다. 여자들의 한결같이 묶은 생머리에 현기증이 날 즈음 아득한 이야기들을 만났다. 2010년 이 도시는 자기 나이를 2,224살이라 발표했다. 기원전 2세기경부터 인도인과 로마인이 찾아왔으며, 당나라 때는 아랍 상인들이 들어와 집성촌을 이루며 대규모 무역 활동을 했다. 근대 85년간 대륙으로 들어오는 유일한 창구였던 곳. 제국의 상점이자 황제의 금고라고 불리었다. 역사적 성과를 그득 안고 있는 해상 실크로드의 출발지와 도착지. 중국의 잃어버린 백 년을 품고 있는 아편전쟁의 발발지. 오래된 도시답게 생생한 이야기들로 가득하다.

시간을 견뎌낸 자의 순하고 깊은 얼굴을 보고 싶었다.

홍콩에서 배를 타고 느긋하게 들어오면 남해신묘라는 옛 부두에 이른다. 이곳은 고대부터 중국에 배가 들어오면 처음 맞이하는 항구였다. 도착과 이별의 제례를 올리는 성지이기도 하다. 거북이가 살고 있는 옛 부두가 파르스름하게 이끼가 낀 채 우리를 반긴다.

어디선가 향불이 타오르고 배의 안전을 기원하는 한자어가 눈에 들어온다. 입구에 있는 여러 개의 청동 향로에서는 별의별 향이 긴 연기를 농후하게 뿜어내고 있다. 황금빛을 자아내는 바다신과 그의 아내가 있는 방들을 지나간다.

1년이 넘는 항해 끝에 도착한 서양 범선의 깃발은 희망봉 주변의 거센 파도, 믈라카해협의 해적들 그리고 선상의 전염병과 죽음의 고투를 치른 듯 처져 있다. 남해신묘에 첫발을 내디딘 상인들과 선원들은 살아 있음에 절로 고개를 숙였다. 일확천금을 만들어줄 황금의 도시에 도착한 것이다.

이 마을에서는 매년 닭 축제가 열린다. 닭을 숭상해서 빨간 닭 모형을 만들어 춤추며 하루를 즐긴다. 배에서 손님들이 내리면 아끼던 닭을 잡고 온갖 재료를 넣어 푸짐하게 대접했다. 항해로 배고팠던 뱃사람들의 허기를 가득 채워준다. 서양인들이 가져온 향료를 혼합해서 만든 광둥의 세계적 요리는 나그네를 접대하기 위한 환대에서 나왔다.

상선들이 항구에 도착하고 악단의 음악 소리가 울려 퍼지면 사람들이 모여들었다. 아낙들이 바나나 잎에 싼 찹쌀밥을 대야에 가지고 나왔고, 아이들은 달려가 선원들의 품에 안겼다. 점쟁이들이 줄을 서서 상인들에게 장차 큰 부자가 될 거라며 예언까지 해주었다. 바다 건너온 무사안위의 감격에 너와 내가 없었다.

등대 빛을 반짝거리던 파주탑이 건재함을 자랑하며 환영해준다. 선원들은 자신들의 도착을 마음에 새기려는 듯 탑 꼭대기에 올라가 환호성을 친다. 사람들은 박수 치며 남국 향이 가득한 꽃다발을 안겼다.

오래된 항구에 있는 비탈진 작은 대나무 숲을 따라 올라갔다. 돌아가지 못한 자들이 잠든 곳이다. 외국에서 온 상인과 선원들, 그리고 외교관의 무덤이 널브러져 있다. 절반으로 잘린 비석과 망자를 기리는 기념탑들이 동강나고 일부는 없어진 채 뒹굴고 있다. 그들은 많은 말을 쏟아내고 있었다.

"지금은 볼품없이 남았지만, 우리에겐 전설 같은 때가 있었습니다. 여기는 동서양의 굉장한 만남이 이루어진 곳이랍니다. 이 항구에서 실고 간 도자기들은 왕궁을 장식하고, 중국차의 깊은 향은 유럽인들을 매료시켰죠. 비단은 상류사회의 사치품으로 그 엄청난 수익은 상인들을 흥분시켰습니다. 중국은 신비의 땅이었죠."

모기들이 덮쳤지만 경건함에 가려운 줄도 몰랐다.

산 아랫동네의 작은 신사에서는 이들을 위로하듯 끊임없이 향불이 올라왔다. 생을 향한 간절한 춤사위가 이어지고 있었다.

파블로

"한국에 가고 싶죠?"

"아뇨."

내 물음에 파블로는 짧게 답했다.

때마침 텔레비전에서 남미로 이민 간 우리 교민들의 삶을 소개하고 있었다. 그가 퍼뜩 스쳐 지나갔다.

파블로와는 교회 행사장에서 처음 만났다. 몇 명의 청년이 봉사 활동을 하고 있었고, 그중에서도 몸집이 제법 큰 청년이었다. 반곱슬머리에 외꺼풀 눈매의 순해 보이는 대학생이었다. 한국에서 이곳 중국에 언어 연수를 하러 온 학생으로 생각했다. 옆 친구를 소개하는 시간을 가졌다. 청년 중 하나가 "얘는 한 번도 한국을 갔다 온 적이 없어요"라며 옆에 앉은 파블로를 가리켰다. 정말 그의 녹색 여권에는 한국에 입국한 스탬프가 없다. 진짜냐고 물으니 씩 웃었다. 우리와 별로 다르지 않은 유창한 한국어를 쓰면서 우리 땅을 한 번도 밟지 않은 청년. 그와 이야기를 나누고 싶었다.

파블로는 아기 때 가족과 함께 아르헨티나로 이민을 갔다. 열

두 살 때 그의 어머니는 사고로 돌아가셨다. 어머니는 큰 봉제 공장을 운영하던 성공한 사업가였다. 어머니의 갑작스런 죽음으로 집안은 몰락의 길을 걸었다. 어머니께 많이 의지하던 아버지는 실의에서 벗어나지 못했다. 파블로와 열 살 차이가 나는 형은 집안의 가장이 되어야 했다. 방황하던 세 남자는 아르헨티나를 떠나 멕시코를 거쳐 과테말라에 자리를 잡았다. 아버지와 두 형제는 어머니가 없는 공백과 가난, 타국에서 겪는 소외감을 서로 부둥켜안고 이겨 나갔다. 파블로는 과테말라 대학에서 마케팅을 전공했고, 중국어를 배우러 잠깐 중국에 와 있었다.

나는 간결한 그의 대답에 당황했다. 수구지심(首丘之心)처럼 자신의 본향을 그리워하는 것이 본능이며, 우리는 그런 그리움으로 민족의 동질감을 확인하지 않는가. 한국은 남미에서는 먼 나라지만 중국에서는 비행기로 3시간 반이면 닿는 곳이다. 왜 한 번도 한국에 가지 않았냐고 재차 묻고 말았다. 과테말라에서 한국까지 비행깃값만 300만 원이 넘는다고 했다. 체재비까지 포함하면 부담되는 돈이다. 시간이 지나도 변하지 않는 삶의 무게였다. 파블로는 그런 돈이 생기면 차라리 남미 일주를 하겠다고 덧붙였다. 조국에 대해 무심한 모습이 당돌하고 발칙하다는 생각마저 들었다. 그와 얘기를 나누면서 궁금증이 해소된 것이 아니라 마음이 불편해졌다.

아버지는 파블로에게 한국 국적을 지켜야 한다고 늘 당부했다. 매일 한식을 만들어 먹었다. 아버지는 제육볶음과 김치찌개를 한 번에 가득 만들어 냉장고에 넣어두고 번갈아 주셨다. 매일 같은 메뉴를 먹었지만 파블로는 한식에 질린 적이 없었다. 남미에서 자라고 현지 학교에 다닌 덕분에 파블로는 스페인어를 가장 잘한다. 아버지는 파블로에게 한글을 열심히 가르쳤다. 한국 드라마나 교육 프로그램을 녹화한 비디오로 말과 단어를 익혔다. 교회에서 운영하는 한글학교도 열심히 다녀서 한국어를 잘하는 청년으로 성장했다. 이름도 생소한 남미의 어느 나라에서 컸다고는 상상할 수 없을 만큼 파블로의 한국어는 자연스러웠다.

파블로는 중국어를 배워 형의 무역회사에서 일하겠다는 꿈을 가지고 있다. 집안을 책임져야 했던 형은 대학도 포기했다. 자기 것이라고는 제대로 된 것이 별로 없는 형에게 파블로는 늘 미안하다. 그래서 형을 볼 때면 괜스레 화가 난다고 했다. 형과 아버지 이야기를 할 때 눈가가 촉촉해졌다. 볼살이 통통해 귀여워 보이던 얼굴이 우산을 쓴 듯 그늘졌다. 파블로는 형편이 어려워 국제학교 대신 남미의 현지 학교에 다녔다. 그곳 아이들은 아시아 계열을 모두 중국인이라 통칭한다. 그리고 그냥 다르다는 이유로 매일 계속되던 괴롭힘과 차별…….

힘들어하는 사춘기 아들에게 아버지는 서울에 가서 고등학교를 다니는 게 어떻겠냐고 제안했다. 파블로는 왕따당하는 것 보다 더 힘든 것은 가족들과 떨어지는 것이라며 거절했다. 파블로가 돌아가고 싶은 곳은 가족이 있는 곳이다. 형이나 아버지가 한국으로 돌아간다면 파블로도 주저 없이 같이 갈 것이라 했다. 이야기가 끝날 때쯤 파블로가 혼잣말처럼 중얼거렸다. 살면서 버티지 못할 만큼 좋지 않은 일은 없었다고. 과테말라의 날씨는 늘 봄이란다. 가족과 같이하는 자기 삶도 앞으로 그럴 것이라고 했다.

파블로와 헤어져 집으로 돌아왔다. 방문을 열어놓고 잠을 청하듯 마음이 나가서 돌아오지 않았다. 형에 대한 고마움을 성냄으로 표현하던 파블로, 조국에 대한 긴 그리움이 여백을 만들고 그 속에 무심을 담아버렸을까. 바깥에서 사는 것이 편하다는 파블로에게는 나와 다른 한반도가 있는 것 같다. 파블로의 대한민국은 북위 33~43도에 자리한 지정학적 공간이 아니라 한국말과 한국 음식, 가족애가 있는 곳이다. 글로벌한 세상이 되면서 가족과 개인으로 존재하는 대한민국이 점점 많아질 것이다. 오랜만에 파블로와 카톡을 연결했다.

"잘 지내시지요?"

정감 있는 안부 인사가 뜬다. 파블로는 나무랄 데 없는 한국 젊은이다.

새벽의 하이에나

문득 잠이 깼다.

한동안 잤구나.

벌레 한 마리가 등을 타고 내려오는 듯 몸이 스멀거린다. 창밖엔 어둠이 꾸벅거리고 있었다. 거실을 서성대다가 밖으로 나갔다. 아파트 뒷문 쪽이 시끄러웠다. 새벽 여명에 인부 몇 명이 아파트 쓰레기를 차에 실어 밖으로 내가는 작업을 하고 있었다.

일하는 사람들 가운데 눈에 익은 얼굴들이 있었다. 아파트 뒷문 모퉁이에서 폐품 장사를 하는 젊은 부부다. 작업복을 입은 청소부들과 구별되어 금방 눈에 들어왔다. 오가며 얼굴만 힐끗 봤는데, 예상치 않은 시간에 만나서일까, 반가움마저 든다.

이들은 청소부들이 차에 쓰레기를 싣는 사이 재빨리 쓰레기 더미에서 쓸 만한 물건들을 골라내고 있었다. 차가 떠나기 전 막간을 이용해야 하는 일이므로 빠르고 바쁘다. 자세히 보니 이들 부부뿐 아니라 여자 한 사람이 더 있었다. 두 여자가 쓰레기를 뒤져 괜찮은 물건들을 길 한쪽으로 던지면, 남자가 그 걸러진 물건들을 다시 싸서 정리하고 있었다.

이곳은 한국과 달리 분리수거가 안 되는 곳이라 쓰레기 더미는 온갖 것들로 범벅이 되어 있다. 새벽에도 더위가 남는 아열대 날씨는 음식물 찌꺼기를 푹 숙성시켰다. 겹겹이 포개진 쓰레기 가까이에 가니 머리, 코를 관통하는 독가스가 눈으로 빠져나와 얼얼할 정도였다.

세 사람은 그에 아랑곳하지 않고 차의 시동 소리에 박자를 맞추듯 맹목적으로 몸을 움직이고 있었다. 차 몸통에 얼굴을 박고 닥치는 대로 물건을 잡아내는 두 여자의 실루엣이 어둠 속에서 명암으로 교차되었다. 흡사 하이에나 같았다.

남이 버린 것을 주워 팔아 먹고사는 도시의 하이에나들.

그렇게만 표현하기에는 이들의 새벽 노동이 애절하다. 새벽의 재활용 생산자들이라고 할까.

부부의 일터는 아파트 쓰레기장 맞은편 모퉁이다. 두꺼운 마분지에 "폐품 삽니다"라고 조잡하게 쓴 팻말과 길바닥에 깔아놓은 돗자리가 전부인 작업장이다. 신문지, 페트병 등 자질구레한 물건부터 소파, 침대 등 제법 가격이 나가는 중고품까지 골고루 취급하고 있다. 아파트 폐품을 수거하는 것은 알았지만, 새벽에 쓰레기를 뒤지는 작업까지 하는 줄은 몰랐다.

늦은 저녁 시간, 모퉁이 가로등 아래에 앉아 있는 아저씨를 본 적이 있다. 야밤에 폐품 내놓을 사람들이 없을 텐데, 졸고 있는 아저씨를 보고 의아했다. 알고 보니 부유층이 사는 시내 아파트 쓰레기가 나가는 길목을 확보해야 살아남을 수 있었다. 그 자리를 뺏기지 않기 위해 부부가 24시간 교대로 보초를 섰던 것이다.

정글의 하이에나는 스스로 사냥하지 않고 남이 사냥한 것을 빼앗거나, 먹고 남은 것을 빌어먹고 산다. 그래서 먹이 주변을 어슬렁거리는 모습이 비겁하고 얄밉다. 하지만 이른 새벽에 목격한 도시의 인간 하이에나는 건강하고 우직했다. 폭염과 잦은 비가 일쑤인 이곳 날씨에도 밤낮없이 길목 자리를 꿋꿋이 지켜냈다. 마침내 그들은 역동적으로 일하면서 건강한 새벽을 맞고 있다. 쓰레기에서 노동의 대가를 찾는 그들은 비록 누추했지만, 사냥도 하지 않고 남의 것을 빼앗는 정글의 하이에나와는 분명 비교할 바가 아니다.

어느새 고운 해가 솟아오른다.

단골 카페

사람마다 즐겨 찾는 장소가 한 군데쯤 있다. 여고 시절에는 운동장 구석에 있는 나무 그늘에서 책을 보거나 멍하니 앉아 있었다. 대학 다닐 때는 백운산 자락이 환히 보이는 중앙 잔디밭에 앉아 봄볕을 쬐던 기억이 떠오른다.

요즘 자주 가는 단골 카페가 생겼다. 일과 중 많은 시간을 이곳에서 보낸다. 내 방 한쪽 모서리의 작은 책상이 있는 곳이다. 한 평도 안 되는 작은 공간이지만 이곳이 내게는 일터이자 쉼터다.

책상은 이케아 세일 때 가격에 끌려 산 것으로, 블랙의 단순한 모양이다. 오른쪽 벽에는 작년 사진전 때 선물받은 '어느 가을하늘'이라는 풍경 사진이 있다. 잔가지를 벌려 하늘 향해 손을 펼치고 있는 오후 어스름 나무의 표정은 창백한 하늘 색깔과 맞물려 기원하는 감정을 잘 포착하고 있다. 직접 찍은 사진은 아니지만, 내 맘이 실려 있어 언제 봐도 편안하다.

책상 왼쪽 옆면 탁자에는 '물향기'라는 작은 식물이 놓여 있다. 작년 겨울 방촌 꽃시장에 갔다가 중국 친구가 선물한 것이다. 아무도 기억해주지 않은 내 생일을 떠올려준 광둥 친구의 우정에 가슴이 따뜻해진다. 물향기가 어떤 향인지 알 수 없지만, 실제 향은 이름과 어울리지 않게 초콜릿 향이 난다.

희미한 연분홍 작은 꽃잎이 부끄러운 소녀 모습을 하고 있다. 이 식물에 얽힌 전설이 있지 않을까 상상의 나래를 펴게 하는, 다소곳이 내 맘을 잔잔히 채워주는 식물이다. 오래오래 내 곁에 살아주었으면 좋겠다.

책상 오른쪽 아래 벽에는 보드가 걸려 있다. 문구점에 큰 사이즈가 없어서 특대로 주문해서 받았다. 그래도 늘 공간이 부족하다.

정리 못 하고 이것저것 하기를 좋아하는 내 성격에는 딱 안성맞춤인 물건이다. 여기저기 필요한 정보와 관련된 메모 혹은 인터넷에서 발견한 여러 내용, 사고 싶은 신간의 줄거리, 아이들 학교 일정, 교회 아이들이 보내준 사랑의 엽서들, 각종 영수증, 기억해야 할 주소들, 갑자기 떠오른 아이디어들, 가고 싶은 북유럽 사진……. 와우! 보물 상자 같다.

한 번씩 정리해야 하는데, 보드 위에 붙인 데다 또 붙여서 안에 뭐가 있는지 나 말고는 알 수가 없다. 복잡하지만 내 나름의 질서가 있는 이곳이 그지없이 충만하다.

작은 책상 위에는 노트북과 음악 감상을 위한 스피커가 있고, 책상 앞쪽에는 보고 또 보는 책, 사전, 시집, 그리고 공책, 자료를 모아두는 파일이 꽂혀 있다. 이 공간에 있으면 솔직한 내가 보인다.

다른 공간은 손님이 오면 공개하지만, 2층에 있는 이 공간만은 가능하면 보여주지 않는다. 값비싼 물건이나 특별한 게 있는 것은 아니다. 다만 나를 나답게 만들어가는 그런 곳이라 은밀하게 소중히 하고 싶다. 나의 에너지, 쉼 그리고 아이디어, 앞으로의 계획 그리고 기도가 이곳에서 이루어진다. 나의 작은 카페이자 혼자만의 예배당이다. 이곳에서 나는 삶을 재충전하며 위로받기도 하고 뭔가를 만들어나간다.

이런 공간이 나에게 있다는 데 늘 감사하다. 한동안 한국 기업 주재원들에게 집을 소개하는 일을 했다. 주재원들은 주거비가 회사에서 나오므로 대부분 비싼 월셋집을 얻어 생활한다. 그 일을 하는 동안 인테리어가 훌륭하거나 고급스러운 가구, 주변 환경이 정갈해서 아늑함을 주는 좋은 서재를 보았다. 그러나 맘을 뺏긴 적이 없다. 내 마음은 늘 이곳에 있었다. 나를 충만하게 해주는 작은 공간은 따뜻하고, 바쁜 생의 에너지로 돌아가고 있다.

단골 카페는 평생 무료이며, 늘 빈 채로 나를 맞아준다. 나는 이 공간의 VIP다.

향기

향이 주는 위안이 있다. 여기 광저우는 사시사철 꽃이 피는 화성이다. 사철 내내 꽃내음이 도시를 맴돈다. 계수나무와 목면화, 자형화가 뿜어내는 향기로 온 도시가 꽃 잔치를 벌인다.

미향의 도시에서 나는 이전 생활에 없던 멋을 알게 되었다. 혼자 즐기는 몇 가지 놀이가 생겼다. 그중 하나가 향과 노는 것이다. 몸에 향수를 뿌리는 것 외에 목욕할 때 아로마 오일로 모든 감각의 긴장감을 푸는 것으로 나 나름대로 스트레스를 해소했다. 그리고 각종 천연 향을 피워놓고 독서하거나 글을 쓰고 조용히 음악을 들었다. 혼자 있을 때 찾아오는 어두운 생각을 떨쳐내고자 했다.

향을 처음부터 즐긴 것은 아니고, 일상에 받아들인 계기가 있었다. 처음 중국에 와서 아들이 이곳 기후와 문화에 적응하느라 반년쯤 두통에 시달렸다. 그때 사용한 방법이 중국 소수민족 장족(藏族)들에게 이어져온 장의(藏医) 처방법이었다.

광둥 시내에 장의 약국이 있었다. 약사는 그들이 믿는 티베트 불교 승려복을 입고 있었다. 약국 안은 온통 황금색으로 장식되어 묘한 주술적 분위기 때문에 들어가기가 꺼려졌다. 광둥 친구가 부작용도 없는 오래된 민간요법이라며 등을 떠밀었다. 그들은 증상을 물어보더니 가볍게 웃으며 약초 봉지를 내밀었다. 그 약초를 태워 향을 맡으면 머리가 맑아질 것이라고 했다.

장족은 고원지대 티베트 민족을 일컫는다. 그들이 발전시킨 의학은 2천여 년이 넘는 역사를 자랑하며 전해지는 약만 1천여 종이 되는데, 이 가운데 400여 종은 지금도 사용 중이라고 한다. 역사가 오래된 전통 의학인데 대체의학으로 먹는 약을 주는 게 아니라 약초를 태워 향을 맡으라니 약간 놀이 같은 느낌도 들었다.

장난삼아 고산지대에서 난다는 그 약초를 조금씩 태워 며칠간 향을 맡게 했다. 신기하게도 아들의 두통은 연기처럼 사라졌다. 극도의 긴장감과 스트레스가 은은한 풀 향으로 해소된 것이다. 그 뒤로도 가끔 머리가 아플 때 쓰고 싶었지만, 혹시 중독성이 있을까 봐 그만두었다.

향기가 좋은 냄새라는 미학적인 것 외에 치유 효과도 있다는 것을 알게 되면서 향의 매력에 끌리기 시작했다. 더군다나 광둥은 옛날부터 향의 수출, 수입으로 유명한 곳이다. 광둥은 수천 년 전부터 로마나 페르시아 연안 쪽과 해상무역을 많이 했다. 중국의 침향을 수출하고, 아라비아의 향료를 수입해서 조정으로 보냈다.

광둥과 가까운 항구도시 홍콩[香港]이라는 지명도 '향기 나는 항구'라는 의미로 향에서 유래되었다. 홍콩은 본래 향료와 향나무를 실어 나르던 항구였다. 광둥의 옛날 신전이 있었던 곳에 가보면 향과 향료를 파는 상점이 즐비했고, 고대 왕의 무덤에서도 그가 즐기던 향료가 출토되었다.

역사적인 향의 도시에서 향을 즐긴다는 것이 운명적 만남으로 느껴졌다. 낯선 중국 향을 쓸 수는 없어서 서울로 돌아간 남편은 광둥 집에 올 때마다 인사동에 들러서 산 침향이나 백단향, 인도향 등 여러 향료를 가져다주었다. 향꽂이에 향을 태우면 뭔가 실내에 감도는 기운이 있었다.

향의 매력은 미향이 주는 후각적 기쁨도 있지만, 향기로운 기운을 통해 느껴지는 존재감이다. 새벽에 눈을 뜰 때가 있다. 피워놓은 향이 밤새 퍼져 온 방을 은은히 채워준다. 그러면 혼자가 아니라는 생각이 들고 공허함이 사라졌다. 단순한 향이 아니라 오랫동안 사람의 생각을 좋은 방향으로 잡는 힘이 향기에는 있다. 왜 향에 기운 기(氣)를 넣어 향기라고 하는지 이해할 수 있다. 에너지가 느껴진다. 아이들이 곰 인형을 옆에 두고 자듯 나 역시 아름다운 향기와 늘 같이하려 했다.

향기가 감도는 공간에 있으면 나 자신도 모르게 시름을 잊곤 했다. 아름다운 향기 속에서는 부정적인 생각이 들지 않는다. 아름다운 추억, 앞으로 일어날 기쁜 일과 설레는 마음마저 떠올라 감사할 따름이다. 많은 상념 속에서도 단잠을 잘 수 있었고 고요함과 친구가 되었다. 나는 향이 주는 여유와 호사를 듬뿍 누렸다.

고서에 "향기를 관찰하니 본래 있는 것도 아니고 본래 없는 것도 아니며, 연기 중에 있는 것도 아니고 불 중에 있는 것도 아니며, 갈 때는 집착하지 않고 올 때는 어디서 오는지 헤아리지 않으니"라고 했다.

사람이 바깥에서 피우는 향도 내면을 이렇게 훈훈하게 하는데, 보이지 않는 생명의 향기를 발하는 사람이 그리웠다. 스쳐 지나가는 플랫폼처럼 다른 나라에서 만나는 한국 사람끼리의 가볍고 형식적인 만남에 피곤을 느꼈다. 사람의 인격에서 우러나오는 그 향이 그리웠다.

삶의 향기는 각자의 몫이다.

우리 모두 조향사다.

잉 선생님

중국 로컬학교

우리는 그녀를 잉 라오쉬[英老师]라고 불렀다. 영씨(英氏) 성을 가진 중국어를 가르치던 선생님[老师]이라는 뜻이다.

11년의 중국 생활 중 두 아이는 초등학교 과정을 로컬학교에서 마쳤다. 중국은 커가는 나라였다. 그런 나라에 왔으니 중국어를 모국어처럼 배워서 돌아가야 한다고 생각했다. 아이들은 중국 로컬학교를 3년 다녔다. 그때 아이들에게 중국어를 가르쳤던 분이 잉 라오쉬다.

2003년 7월, 해외로 발령 난 남편을 따라 중국 대륙을 처음 밟았다. 대기업 주재원들은 1990년대 후반부터 나가기 시작했으니 우리는 좀 늦은 출발이었다. 아이들은 9월부터 영어로 수업하는 국제학교에 1년을 다녔다. 대비하고 간 해외 생활이 아니라 교육 문제는 적지 않은 부담이었다. 1년을 보내면서 중국 현지 학교를 보내는 쪽으로 마음이 기울었다.

교민들은 대체로 로컬학교보다는 영어로 수업하는 국제학교를 선호했다. 대학 진학에 도움이 되고 여러모로 유익하다고 여졌다. 중국 학교는 시설도 불편한 데다 외국인을 차별하고, 자칫 하면 사회주의 사상에 영향을 받아 교육적으로 혼란을 가져올 수 있다는 의견이 많았다.

나는 아이들이 다양한 가치관을 접하면서 스스로 걸러내는 능력이 생기리라 믿었다. 현지 문화를 이해해 자연스럽게 소통하고, 나와 다른 것을 이해하고 존중하리라 생각했다.

주재원 가정들은 비싼 국제학교 학비가 보장되므로 중국 현지 학교에 가는 경우는 거의 없었다. 그래서 학교에서 영어로 수업을 듣고 집에서 과외 선생님을 불러 중국어를 따로 배우는 것을 이상적 형태로 여겼다.

아이들을 중국 학교에 입학시키는 것은 우리에게 과감한 결정이었다. 언어도 중요하지만, 학교 시스템이 잘되어 있는 곳을 찾았다. 중국 당국의 눈치를 봐야 하는 외국인이 설립한 국제학교보다는 정부 지원을 받는 현지의 좋은 사립학교를 찾았다. 외국인에게 개방적인 분위기의 로컬학교가 필요했다.

2004년, 우리는 치푸신춘이라는 곳으로 이사했다. 그곳에 중국 학생들을 대상으로 중국어와 영어 과정을 병행하는 중국 사립학교가 있었다. 유치원부터 고등학교 과정까지 이어지는 종합 교육기관이었다. 학교는 외국 학생들을 위한 국제반과 중국 아이들을 위한 슈왕위[双语]반을 운영하고 있다. 슈왕위반은 이중언어

교육 프로그램으로 모국어를 구사하는 중국 학생들을 대상으로 영어 교육을 강화한 과정이다. 영어 중점 사립학교이다 보니 오전에는 각지에서 뽑은 우수한 중국 선생님들이 중국어로 각 과목 수업을 하고, 오후에는 국제반의 원어민 선생들이 영어를 가르치는 구성이었다. 다수의 중국 학생과 소수의 외국 학생으로 구성된 슈왕위반은 분위기가 좋았다. 우리가 바라던 바였다.

입학을 앞두고 교장과의 면담이 이루어졌다. 교장은 큰아이의 슈왕위반 입학을 받아주지 않았다. 그 학교로 옮길 때 큰아이는 6학년 1학기로 들어가는 시기였다. 초등학교 졸업시험이 1년도 채 남지 않은 상황에서 다른 과목은 몰라도 어문(중국어) 시험은 통과하기 어렵다는 것이 이유였다. 졸업고사를 통과하지 못하면 졸업장도 줄 수 없다는 것이다. 당시 큰아이는 중국 학교에 가기 위해 기초 병음을 공부하고 초등학교 1~2학년 교과서로 과외를 받던 중이었다.

교장은 슈왕위반에는 들어갈 수 없지만 국제반은 입학이 가능하다고 선을 그었다. 두 번을 찾아가서 설득했지만 거듭 국제반을 권유했다. 중국어는 중국 아이들과 같이 배워야 한다고 믿었기 때문에 외국 학생들만 있는 국제반은 내게 별 의미가 없었다.

교장을 세 번째 만나는 날, 나는 특별한 준비를 했다. 아이가 앞으로 중국어를 어떻게 공부할 것인지 1년간의 학습 계획서와 만약 졸업시험을 통과하지 못하더라도 우리가 감수하겠다는 부모로서의 결심을 서투른 중국어로 5장이나 적어서 가져갔다. 그 편지 덕분에 교장은 마음이 흔들렸고, 아이들은 무사히 입학할 수 있었다. 이곳은 영어 국제학교보다는 학비가 쌌지만, 귀족 사립학교라 부를 만큼 로컬학교로서는 학비가 비싼 편이었다.

중국 학부모들은 부유층이 많고, 교육에 대한 관심이 지대하다. 운동회, 음악회 등 교내 행사도 많고 참관 수업 때는 선생님들의 열의가 대단했다. 학부모들은 교내 행사에 거의 참석했다. 각지에서 뽑힌 선생님들은 자부심을 가지고 있었고, 화교 출신 아이들도 많아서 분위기가 자유로운 편이었다.

중국식 국어교육의 두드러진 점은 무조건 외운다는 것이다. 초등학교 교과서에 나온 좋은 산문들은 웬만하면 학생들이 다 암기해야 한다. 참관 수업을 보면서 중국인들이 왜 말을 잘하는지 알 수 있었다. 하얀 셔츠에 빨간 스카프 홍링진[红领巾]을 두르고 고개를 좌우로 흔들며 중국어를 암송하는 아들이 낯설었다.

대륙의 선생님

잉 라오쉬는 아이들의 교육과정이 한꺼번에 바뀌는 혼란과 격동의 시간에 우리와 동행해주었다. 그녀는 광둥성 위의 후난

[湖南]이라는 지역에서 스카우트되어 이곳으로 왔다. 광둥인들은 방언 악센트가 강하기 때문에 어문 선생은 비교적 표준어 발음이 정확한 북쪽 지방에서 온 선생님들을 배정한다. 잉 라오쉬는 발음이 절도 있고 정확했다.

우리는 교문 앞에 집을 얻었다. 광둥은 날씨가 몹시 더워 점심시간이 12시부터 2시까지다. 학교에서는 '시에스타'라고 해서 이 시간에 낮잠을 재운다. 우리 아이들은 집에 와서 점심을 빨리 먹고, 나머지 시간에는 잉 라오쉬와 중국어 보충을 했다. 그렇게 못 배운 학년의 교과서를 빠른 속도로 배워 나가고, 방과후에 또 만나서 그날 학교에서 배운 것을 복습했다.

큰아이는 6년 전 과정을 반년에 끝내야 했다. 그런데 큰아이의 담임이 2학기 때 출산을 하면서 운 좋게도 잉 라오쉬가 담임을 맡게 되었다. 잉 라오쉬는 학교 선생님을 하면서 근처 외국 학생들의 과외도 하고 있었다. 아이는 선생님의 든든한 격려 속에 졸업시험까지 잘 치를 수 있었다. 큰아이가 사용했던 어문책을 아직도 간직하고 있다. 귀국할 때 물건을 많이 정리했지만 그 교과서만은 버릴 수 없었다.

작은 빈칸에 빼곡히 적힌 한자와 연필, 볼펜, 형광펜으로 구별한 흔적들, 그마저도 부족해서 책 처음부터 끝까지 단락마다 숫자를 매긴 것은 책을 암기하는 방법이었던 것 같다. 더 이상 쓸

데가 없어서 중간중간 끼워 넣은 메모지 속의 깨알 같은 한자가 모래처럼 수북했다. 책 앞뒤에 잉 라오쉬가 붙여준 사과 스티커의 수만큼 사제간의 정도 쌓여갔다.

아들이 다른 도시 대학으로 가서 떨어져 지내는 동안 심란할 때면 그 교과서를 보며 불안함을 잠재웠다. 아들의 깨알 같은 글씨는 내게 신뢰였다.

6학년 2학기 첫 장은 모택동의 '영매(咏梅)'라는 시로 시작한다. 산문과 수필 그리고 육유(陆游) 등의 고시와 '청명상하도(清明上河图)'에 대한 산문 등을 보면 글자도 어렵고, 설사 글을 읽을 수 있어도 어떻게 개념을 이해했는지 알 수 없다. 한문이다 보니 단어 뜻을 한글로 번역해도 어떤 의미인지 어려운 개념도 있고, 사회주의 국가라서 전쟁 이야기가 많이 실려 생소한 군대 용어는 번역을 해도 무슨 뜻인지 알기 어렵다. 정말 간격이 바다처럼 넓었다.

어느 날 안타까워서 어려운 단어들을 찾아서 한자 밑에 적어주었다. 단어 찾는 시간이라도 줄여주어야 할 것 같았다. 이것을 본 잉 라오쉬는 단호히 말했다.

"어머니, 다시는 이렇게 하지 마세요. 아들을 돕는 것이 아닙니다. 외국어는 그냥 외국어로 배워야 합니다. 내가 책임지고 합니다. 엄마는 기다려주세요."

나중에 들은 이야기지만, 아들은 내가 적어준 한국어의 뜻조차 이해하기 어려웠다고 한다. 언어는 정서와 문화, 그들의 가치관까지 이해해야 하는 종합예술이다. 아이는 새벽 늦게까지 잠을 자지 못했다. 불이 꺼지지 않는 아들 방을 보며 시간이 흘러갔다.

영화처럼 떠오르는 장면이 있다. 잉 라오쉬는 아들에게 늘 전화를 열어놓고 있었다.

"모르면 질문해. 선생님은 몇 시라도 상관없어."

그렇게 다독이며 전화로 설명했고, 이해를 제대로 못 하면 밤늦은 시간에 찾아와 아이의 궁금증을 풀어주고 갔다.

어느 날, 잉 라오쉬는 얼굴과 다리가 상처투성이가 되어 나타났다. 외관상 며칠은 쉬어야 할 상태로 보였다. 잉 라오쉬는 출퇴근을 오토바이로 하고 있었다.

"접촉 사고가 났는데 별일 아닙니다. 저녁에는 앞이 잘 안 보여서 실수했어요."

깜짝 놀라는 나를 보고 잉 라오쉬는 몹시 쑥스러워했다.

잉 라오쉬는 과외를 끝내고 피곤한 얼굴로 돌아갔다. 그런데 다음 날 시험이 있었고, 아이의 전화를 받고는 밤늦게 다시 왔다. 밤새 모르는 문제와 씨름할 제자를 위해 불편한 몸을 이끌고 와주신 선생님의 모습이 지금도 생생하다.

잉 라오쉬는 부동산 가격이 오르자 무리하게 대출을 받아 아파트를 샀다. 그 대출금을 갚기 위해서 남는 시간에는 중국어 과외를 해야 했다. 나는 바쁜 잉 라오쉬에게 뭔가 도움을 주고 싶었다. 조금 친해지자 그녀를 대신해 은행 심부름도 해주었다.

잉 라오쉬의 남편은 다른 지방에 직장이 있어서 떨어져 지냈다. 잉 라오쉬에게는 아들이 하나 있었는데, 엄마가 일하는 동안 아이를 혼자 내버려두기가 안쓰러웠다. 그래서 아들을 집에 오게 해서 우리 아이들이 과외받는 동안 거실에서 레고 놀이를 했다. 식사도 처음에는 신경을 썼지만, 나중에는 김치찌개나 된장찌개 등 우리 가족이 먹는 대로 허물없이 같이 먹었다. 마음이 통하니 소통이 어렵지 않았다.

며칠 전, 아들에게 물었다.

"잉 라오쉬는 어떤 분이셨니?"

"늘 격려해주신 분입니다. 한 번도 혼내지 않으셨어요. 그리고 외국인이라고 차별하지 않으셨습니다. 선생님이 가르치는 학생들 속에 그냥 제가 있었어요."

아이들이 초등 과정을 끝낸 뒤 중·고등학교는 그곳과 떨어진 국제학교로 옮기면서 잉 라오쉬와는 작별을 했다. 몇 년이 흘러 중국을 떠날 때 우리는 그 학교를 방문했다. 큰 운동장과 하얀 건물이 정겹게 우리를 맞이했지만, 잉 라오쉬는 고향으로 돌아가고 없었다. 학교 관계자에게 연락처를 좀 알려달라고 부탁했는데 답이 오지 않았다.

어려운 시간이 지나고 나서 돌아보니, 더 어려운 시간을 함께 해준 잉 라오쉬에게 고개가 절로 숙여진다.

선생님! 감사합니다.

어깨 인사법

벌써 세 번째다. 누군가가 뒤에서 내 어깨를 두드렸다. 급기야 팔 쪽 옷을 잡아당겼다. 앞에서는 학생들의 즉석 콩트가 무르익고 있었다. 돌아보니 아는 후배가 커피가 담긴 종이컵을 흔들어 보였다. 바깥은 야윈 달빛도 없이 어둠이 사물을 느긋이 보듬어 안고 있었다. 늦은 밤의 검은 커피는 마력이 있는 듯 한순간에 피로가 가신다.

"언니는 생각보다 참 둔해."

"뭐가?"

"아까 몇 번이나 어깨를 쳤는데 돌아보지도 않고."

"아!"

"커피 다 식을 뻔했잖아."

한국 사람들만 모이는 모임이라 어깨를 치며 아는 척할 사람도 있을 텐데, 나는 늘 해오던 대로 지나쳐버렸다. 이 외국 땅에 나를 아는 사람이 누가 있다고…….

실제로 약속하지 않고 시내 등지에서 아는 사람을 만나기는 어렵다. 정말 무뎌졌나 보다, 어깨를 두드려도 돌아보지 않다니.

이 나라는 어디를 가든 사람들로 바글거린다. 많은 사람만큼 아는 이도 적다.

처음 이곳에 왔을 때 돌아다니면서 혼자 어림잡기 게임을 즐겼다. 쇼핑하면서 물건값을 어림잡을 땐 대부분 내 계산이 넘어섰고, 사람 수를 셈할 땐 내 생각이 한참 못 미쳤다. 이제 장을 보는 돈은 거의 맞아떨어지지만, 여전히 사람 수만큼은 실수(實數)와 머릿속 수의 차이를 좁히지 못하고 있다.

재작년 구정 때 기차표를 사기 위해 기차역 광장에 사람들이 모여들었다. 중국 사람들은 구정 때 고향에 가려는 일념으로 한 해를 보내는 것 같다. 한 여자가 줄을 서서 기다리다 실신했고, 그 여자를 밖으로 데리고 나오는 사진이 신문에 실렸다. 줄을 선 행렬이 자연스레 인간 띠를 만들었다. 축 늘어진 그녀의 몸을 위로 들어서 사람들이 손으로 뒷사람에게 넘기고 있었다. 그 사진에 나온 앞쪽과 뒤쪽의 행렬은 끝이 보이지 않았다.

진시황릉에서 나온 몇천 년 전의 토우처럼 수많은 사람이 언제까지나 그 자리에 서 있어야 할 것 같았다. 저 여자는 언제쯤 그곳을 빠져나가 응급조치를 받을 수 있을까. 아, 많다는 것은 공포스러웠다.

절대로 저런 곳에는 가지 말아야지 하면서도 살다 보면 그 물결 안에 들어갈 때가 있다. 굳이 모이는 곳이 아니라도 퇴근 후 혹은 시내의 인파에 휩쓸리게 된다. 갈 곳을 향해 길을 만들어서 헤쳐나가다 보면 많은 사람과의 부딪침이 다반사다.

가을바람처럼 허망하게 부딪치는 사람들에게 항의 차원에서 째려볼 수도 없다. 내 몸 부피 때문에 저 여자가 부딪치기도 하고, 저 남자의 가방 고리에 내 머리가 쥐어박히기도 한다. 짐칸의 물건처럼 이리 밀리고 저리 밀리는 가운데 지나칠 수 없는 스침이 있다. 바삐 지나가는데 누군가가 어깨를 치는 것 같은 터치. 나를 아는 이가 반가워서 툭 치는 느낌. 누구지? 돌아보는 내 눈길을 받아주는 이는 없다.

누가 지나가면서 우연히 친 것인데, 그런 줄 알면서도 한 번 두 번 여러 번을 돌아보았다. 돌아보기 전의 설레는 반가움을 버릴 수 없었다. 다른 데보다 어깨를 스치면 더 각별하다. 어깨는 신체의 다른 부위보다 더 민감하다. 아마도 어깨라는 부위가 뇌에서 명령을 받아 몸으로 하달하는 본부 역할을 하기 때문이리라. 그래서 뒤에서 어깨를 치는 인사는 정겹기도 하고, 누굴까 기대하며 돌아보게 만든다.

후배의 둔하다는 말에 피식 웃음이 나온다. 혹시나 아는 이가 어깨를 두드렸나 뒤를 돌아봤다가 번번이 아무도 없음에 토라져버린 내 마음을 본다. 그래서 한동안 더 이상 돌아보는 것이 어리석다는 생각이 들면서 불필요한 반응을 버리는 퇴화 훈련을 명한 것이다. 두드리는 어깨를 느끼는 생리적 감각은 살아 있지만, 어느 날인가 그 진동마저 느끼지 못한 채 감정적으로 멍해질지 모른다.

그래, 아니더라도 돌아보자.

시선을 둘 데 없어도 웃어주자.

받아주는 이 없어도 사람들 어깨 너머로 환한 미소를 날려 보내자.

그냥 사람 속에 있어서 좋다.

월요일에는 얌차를

월요일 아침은 다들 바쁘다. 주말을 보낸 흔적이 집 안에 가득하다. 벗어놓은 옷이며, 과일 껍질과 생수통, 음료수병 등 빈 통들이 먹은 음식만큼이나 한자리를 차지하고 있다. 주방 싱크대에는 선반 위 그릇과 컵들이 모두 나와 수북하다. 집이 갑자기 작아진 듯하다.

이런 아수라장을 멀리하고 월요일에는 얌차를 하러 간다. 얌차는 광둥어로 음차(飮茶)를 의미한다. 차만 마시는 것이 아니라 간단한 간식을 곁들여 먹는 이곳의 대표적 풍습 중 하나다. 이때 먹는 간식을 딤섬이라고 한다.

오늘은 아들과 같이 갔다. 아들이 다니는 학교가 임시 휴일이어서다. 얌차 레스토랑은 식사 시간에는 일반 음식을 팔고, 이른 아침부터 점심까지는 얌차 서비스를 한다. 처음 광둥에 와서 아침에 모여 차를 마시고 음식을 먹는 모습을 보고 신기했다. 아침의 그 찻집은 이미 사람들로 가득했다. 둘이 앉을 자리가 구석진 데 있었다. 위치가 별로 맘에 들지 않았지만, 앉고 보니 괜찮은 자리였다. 우리가 자리 잡은 곳에서 건너편 아파트 사이로 산이 보였다. 기분이 청명하다.

처음 얌차가 아침 식사를 대신할 때는 간식 주문에 신경을 썼다. 차는 목마름을 축이는 음료 정도로만 생각해서 가장 싼 것을 시켰다. 현지에 익숙해지면서 얌차가 단순히 아침으로 별식을 먹는 것이 아니라 이름 그대로 차를 마시는 시간으로 와닿기 시작했다. 아열대의 덥고 축축한 공기 속에 살아온 이곳 사람들은 뜨거운 차를 마셔야 하루를 거뜬히 보낼 수 있었다.

오늘은 일반 차보다 더 상급인 보이차를 시켰다. 얌차를 하다 보면 차를 준비하는 동작 하나하나가 와닿는다. 우선 차를 끓이는 도구가 테이블 위에 준비된다. 치바오를 입은 아가씨들이 나비처럼 나풀거리며 움직인다. 옆선이 과감하게 트인 치마를 펼쳐서 금방이라도 날아갈 것 같은 나비 소녀들이다. 조그만 알코올램프에 불이 켜지고 투명 주전자의 물이 보글거리면서 꺼내달라고 아우성이다.

찻주전자와 찻잔들이 뜨거운 물에 푹 담겨 찻물을 맞을 만반의 준비를 하고 있다. 바닥이 납작하고 키가 작달막한 찻주전자에 물과 찻잎이 다 들어갈 수 있을까 아슬아슬하다. 찻잎을 넣고 한참 끓은 물을 따른다. 다 어디로 들어가는지 찻주전자 입으로 끓는 물이 토악질하면 물 붓기가 끝난다. 처음 차는 헹궈낸다. 찻주전자에서 다시 우려낸 찻물을 입을 오므리고 앉아 있는 찻잔에 붓는다.

보이차는 약간 곰팡내와 한약 냄새 같은 것이 나지만, 따르는 동안 공기 중에 희석되어 차를 입에 댈 때는 부드러운 향만 남아 있다. 천천히 뜨거운 차가 빈속에 들어온다. 혀를 감돌아 건조한 목구멍을 넘어 뱃속 어딘가로 퍼져가는 보이차의 따뜻함은 색깔 없는 아침을 엷은 베이지색으로 물들인다. 보이차는 테이크아웃으로 길에서 마실 수 있는 음료가 아니다. 장소와 시간을 가리는 편이다. 까다롭게 구는 듯해도 음미해보면 살포시 다가오는 포근함이 있다.

차를 마시면 그 온기와 향이 내 속 어딘가에 도달해 천천히 파문을 만들어낸다. 차를 마실 때는 시간을 내 안에 두어야지, 시간이 나를 타고 넘으면 음미할 수 없다. 차를 마시면서 일어나는 몇 단계 심리적 변화를 수용하려면 부산한 나의 움직임이 일단 멈추어야 한다. 어제는 받아주지 못한 부담스러운 일들을 이제는 소심한 내 마음 탓으로 돌이키면서 마음이 여유로워진다.

얌차는 차와 함께 간식이 따라온다. 오늘은 아들이 좋아하는 것을 주로 시켰다. 속이 보이는 새우 교자, 봉황발이라 부르는 닭발 찐 것, 작은 고기만두 같은 샤오롱바오, 피단을 넣은 흰죽, 이 지방의 김치 같은 채소인 차이신 볶음을 시켰다.

이 간식들이 하나씩 테이블에 오르면 소꿉놀이하듯 재미있다. 작은 대바구니, 앙증맞은 접시 그리고 옴폭한 사기그릇에 담긴 음식들은 막 만들어낸 듯 김이 나면서 윤기가 자르르 흐른다. 그래서 동심으로 돌아가 유희를 즐기게 된다. 교자에는 간장을 끼얹고, 샤오롱바오는 껍질이 얇아 깨물면 속에서 물이 터져 나와 입안을 가득 채우는 흥겨움이 있다. 흰죽에 파와 생강을 다진 것을 뿌려 휘휘 저어 먹는 즐거움, 키가 큰 차이신을 이로 잘라서 먹는 재미도 쏠쏠하다.

음식은 메뉴당 두세 개씩 소량으로 접시에 나온다. 아들 하나 먹고 나 하나 먹으면 끝이다. 얌차 식당은 늘 시장처럼 와글거린다. 아침에 뭐 그렇게 할 이야기가 많을까 싶지만, 대부분 웃고 떠든다. 그들이 발산하는 소음이 내게는 방음벽이 되어주기도 한다. 왁자지껄한 가운데 보이차가 주는 부름에 순종해본다.

얌차를 하자는 엄마의 제안을 약간 귀찮아했던 아들도 점점 부드러워진다. 아들은 앞으로 행복하게 살고 싶다고 한다. 그래, 행복해야지. 지금 이 순간이 즐거우니까 행복을 더 꿈꾸는 것인지도 모른다.

황갈색의 맑은 찻물에 얼굴을 비추어본다. 찻잔을 든 손가락에서 머리끝, 발끝까지 관통하는 온기가 나를 채운다. 월요일 얌차는 긴장 속에서 살아야 하는 외국 생활의 좋은 쉼터가 되어준다. 별다른 이야기를 나누지 않고 돌아와도 마음이 통하는 친구와 오랜 대화를 나눈 듯 하루가 가볍다.

은합 2천 년의 비밀

작은 은합(銀盒)이 2천 년 시간의 비밀을 열었다. 책상 위에 은으로 된 작은 그릇, 은합이 있다. 친구가 이스탄불에서 사온 은으로 된 작은 장신구다. 뚜껑이 있고 주위를 물방울 모양의 꽃잎이 싸고 있다. 뚜껑 이음새는 잎사귀 모양으로 테두리를 둘러 안정감 있게 그릇을 받쳐준다. 그릇 하단에 받침대까지 있어 은합의 격을 살려낸다.

또 다른 은합이 있었다. 1983년 중국 광저우 시내에서 남월국(南越國) 2대 왕의 무덤이 발견되었다. 왕릉에서 아프리카 상아, 칠기 찬합, 유황, 진주 등 많은 물건이 출토되었다. 그중 페르시아 은합이 왕이 잠든 내실에서 발견되었다. 우연히 왕의 은합을 사진으로 보고는 숨이 멎는 듯했다. 친구가 준 은합과 너무 비슷했다. 둘 사이에 2천 년이라는 시간의 간극만 있을 뿐이었다. 두 개의 은합은 뚜껑에 손잡이가 달린 것과 테두리 조각의 모양이 조금 다른 것 빼고는 꽤 닮았다. 통통한 호박 모양 실루엣은 영락없이 같다. 유행되는 물건을 매년 조금씩 다르게 디자인해 신상을 내듯 약간의 변화만 준 모양이었다.

남월국은 광둥 땅에 2,100년 전 세워진 나라였다. 남월국은 BC 111년부터 5대에 걸쳐 93년 동안 존속했다. 현재 중국의 광둥, 광시, 하이난 등지를 다스렸다. 남월국은 역사가 길지 않았지만 활발한 해외무역으로 부강을 꾀했다. 소뿔, 상아, 비취, 옥 등의 진귀한 사치품들을 해상무역을 통해 얻었다. 광둥은 해양 실크로드의 출발지이자 도착지였다. 수천 년 전부터 바다를 통해 멀리 로마나 지금의 서아시아 지역과도 교역했다. 어쩌면 친구가 준 은합은 그때 아라비아반도에서 가져왔던 것이 아닐까. 21세기와 BC 11세기가 은합을 통해 만난 것이다.

왕의 수의였던 사루옥의(絲縷玉衣)는 천여 개의 옥과 붉은 비단실로 만들어 화려함의 극치였다. 그 왕이 잠든 방 가까이에 페르시아 은합이 놓여 있었다. 그 은합 속에는 10개의 알약이 담겨 있었다. 불로장생을 꿈꾼 왕의 애장품이었다.

2천 년 동안 무덤 속에서 잠자던 은합과 지금 내 앞에 있는 친구의 은합이 별반 다르지 않음을 보니 존재 또한 마찬가지로 여겨진다. 많은 부하를 순장시키고 부장품과 함께 묻힌 월왕과 나의 삶이 별반 다르겠는가. 한 줌의 무게감도 느껴지지 않는다. 두 개의 은합은 시간과 나를 돌아보게 했고, 그 순간 시간이 주는 구속성에서 벗어날 수 있었다.

흐르는 강처럼 우리도 흘러간다는 것. 우리는 그 속에 잠시 머물다 가는 여행자들.

호르헤 루이스 보르헤스는 시간은 지속이라고 했다. 존재하는 것은 시간이 되는 것이다. 우리가 바로 시간이다. 시간은 흐르고 우리도 강물처럼 흐르는 존재다. 시간은 모든 곳에 동시에 있다.

2천 년의 봉인이 풀린 은합은 마침내 시간의 문을 열었다. 절대자의 시간은 계속되고, 그 안에 내가 깃털처럼 존재할 뿐이다.

3
부

지울 수 없는 사람

중국 서양의학의 대부, 존 커

살다 보면 특별한 인연을 만난다. 존 글래스고 커(John Glasgow Kerr, 1824~1901) 선생과의 만남이 이렇게 길게 많은 이야기를 남길 줄은 몰랐다.

2008년부터 시작한 광저우 선교 유적지 탐사를 할 때 짧은 기록에서 존 커 선생을 알게 되었다. 미국인인 존 커 선생은 1853년, 29세 때 중국에 와서 의료 선교사로 헌신하다 1901년 광저우에서 사망했다. 선생은 47년간 중국의 아픈 이들과 함께 했다.

전반 44년은 최초의 서양식 종합병원 박제의원을 설립해 중국 대륙에 서양 의술이 퍼져나가는 발판을 마련했다. 선생은 평생 74만 명의 환자를 치료했고, 5만 회 이상의 수술을 했다. 당시 박제의원은 뉴욕의 병원과 비교해도 손색이 없을 만큼 세계에서 가장 큰 규모와 시설을 자랑했다. 선생의 의술은 외과, 내과를 막론해 탁월했고 성품 또한 너그럽고 유머러스해서 환자들이 물밀듯 몰려왔다고 한다. 커 선생은 또한 의과대학을 만들어 34권의 의서를 번역하고, 중국인 1세대 의사 150여 명을 양성했다. 마지막 3년은 모두가 반대하는 아시아 최초의 정신병원을 열어 정신질환자와 함께했다.

존 커 선생의 흔적은 현재 중산대 제2 부속병원(전신 박제의원)과 방촌의 뇌과병원으로 남아 있다. 남아 있는 병원들을 거론하지 않더라도 그가 중국인들을 향해 평생에 걸쳐 행한 사역은 수치로만 논할 수 없을 정도로 중국 의학계 및 중국인들에게 지대한 영향을 미쳤다.

내가 주목한 것은 커 선생의 역사적 성과에 비해 가려진 한 개인으로서의 삶이다. 하지만 개인적 기록은 거의 없었다. 선교사들은 대부분 일기 등을 남기는데, 커 선생의 경우는 그마저도 없었다. 그의 마지막 안식처를 찾아야 했다.

가려져 더 슬픈 이야기

존 커 선생은 북쪽 기독교 묘지에 묻혔다. 오랜 세월이 흘렀지만, 회색 화강암이 덮인 묘지에는 중국인들의 발길이 끊이지 않는다.

중국인들은 커 선생의 묘비에 이렇게 새겼다.

> 존 커 선생은 사람들에게 존경과 사랑을 받는 의사였다. 환자들

을 위해 열심히 일했고 그들의 마음을 얻었다. 존 커는 끝까지 주님을 따랐으며 복음을 전하는 의사로 수많은 질병 속에서 사람들을 치료하고 구원했다.

너희가 여기 내 형제 중에 지극히 작은 자 하나에게 한 것이 곧 내게 한 것이니라.

백여 년 전의 기독교 공동묘지를 수소문했다. 도시의 발전과 함께 기독교 묘지가 원래의 자리에서 외곽 북쪽으로 옮겨진 사실을 알게 되었다. 다만 그동안 문화혁명 등 중국이 거쳐간 많은 광풍을 생각할 때 온전히 그분의 묘지가 남아 있을까 걱정이 되었다.

2010년, 아직 겨울의 기운이 남아 있던 비바람 치는 날에 백운산 기독교 공동묘지를 찾았다. 그곳은 야산을 배경으로 한 언덕 위의 묘지공원인데, 비석에 새겨진 수많은 십자가가 앞으로 쏟아질 듯 방문객을 맞았다. 서양 선교사들이 묻힌 외국인 묘지는 따로 있었다. 가슴이 조마조마했다. 50여 구의 비석이 우리를 반겨주었다. 비문의 글씨가 흐려져 잘 보이지 않아 손가락으로 더듬어가면서 살펴보았다.

생각지도 않게 존 커 선생 자녀들의 비석을 발견할 수 있었다. 두 살, 세 살의 아들이 1862년에 죽어 한 비석에 새겨져 있었다.

그리고 나란히 서 있는 다른 비석을 보니 두 아들이 죽은 해에 태어난 딸도 네 살을 넘기지 못하고 1865년에 죽었다.

1865년 전후라면 커 선생이 부지를 구입해 의욕적으로 병원을 설립하던 때다. 연이어 세 자녀를 잃은 아버지의 마음을 떠올려보았다. 눈물을 닦을 새도 없이 중국인들의 생명을 구하기 위해 분주했을 그의 나날을 생각해보았다. 이 대목에서 의료 선교사가 아니라 한 인간으로서의 존 커를 생각해본다. 그에 대한 찬사와 성과물을 설명하는 어느 기록에도 가족의 불행에 대한 언급은 전혀 없었다. 47년간 중국 사역을 하면서 겪은 개인적 비극은 은폐되어 있었다는 점을 이 묘지에서 발견할 수 있었다.

존 커 선생은 평생 결혼을 세 번 했다. 그는 1854년 5월 의사인 아내 킹스베리와 함께 뉴욕을 떠나 홍콩에 도착했다. 그러나 킹스베리는 배에서 계속 멀미를 한 데다 중국 남방 기후에 적응하지 못해 중국에 도착한 지 1년 만에 사망하고 말았다. 같은 의사로 동역을 꿈꾸고 온 중국에서 그는 아내를 잃었다. 1858년, 두 번째 부인 모슬리와 결혼했는데 1885년에 사망했다는 짧은 기록밖에 남아 있지 않다. 다만 어린 자식의 죽음 앞에 의연할 엄마는 어디에도 없다. 세 번째 부인은 광저우에서 이미 활동 중이던 마샤 여사였다. 그녀는 마지막 정신병원을 같이 운영하며 남편의 유지를 받들어 헌신했다.

휴식도 없이 지낸 개인적 헌신 말고도 존 커 선생의 가족사는 매우 힘들었을 것으로 추정된다. 숨겨진 그의 인간적 고통이 애절하게 느껴졌다. 그러나 부근을 아무리 찾아보아도 커 선생의 묘지는 없었다. 자녀들의 비석이 있으니 분명 부근에 있을 텐데 아무리 찾아도 선생의 비석은 보이지 않았다.

그 뒤 수십 번을 더 가보았지만 커 선생의 비석은 찾을 수 없었다. 그의 업적을 기려 따로 모셔둔 게 아닐까 해서 잘 단장된 묘지 위주로 찾아 헤매었다. 묘지 관리소장에게 이곳에 묻힌 이들의 명부가 있는지 묻고, 존 커 선생의 중국 이름인 '가약한(嘉约翰)'을 들이밀어도 그런 사람은 없다고 하며 회피하려고만 했다. 너무 오래전 일도 아니고 백여 년 전의 의미 있는 인물을 모른다고 하니 앞뒤가 맞지 않았다. 더 이상 닫힌 그의 입을 열게 할 수는 없었다.

백방으로 기독교와 병원 및 근대사 관련자들에게 물으며 찾아다녔지만, 모른다는 대답만 돌아왔다. 아무도 커 선생을 찾는 이가 없는 듯했다. 그가 남긴 역사는 여전히 내 눈앞에 펼쳐지고 있는데, 그 일을 한 사람의 마지막 안식처는 최소한 관련 중국인들이라도 기억하고 보존해주기를 기도했다. 나 또한 존 커 선생을 알게 된 자로서 역사적으로 빚진 자의 도리 같은 것을 느꼈다.

커 선생과의 만남을 갈구할수록 이 묘원 부근에 그가 잠들어 있는 것이 분명하고 곧 만날 것 같다는 확신이 들었다. 그러나 나는 아쉬움을 뒤로한 채, 2013년 귀국했다.

지울 수 없는 사람

귀국 후 자료를 찾다가 뜻밖의 뉴스를 접했다. "2014년 11월 백운산 기독교 묘원에서 존 커 선생 및 가족묘원 개막식이 열렸다. 수백 명의 중국 관계자들이 참석했다"라는 기사였다. 존 커 선생의 묘지를 기존 위치에서 이장해 부근의 자녀들 그리고 부인인 마샤 여사까지 합쳐 가족묘원을 만든 것이다.

내가 그동안 존 커 선생의 묘지 행방을 물으러 다녔던 삼자교회 목사, 중산대 교수, 정신병원 및 중산 제2의원 관계자 등 기독교 관계자들이 모두 모여 있었다. 묘지 관리소장의 인터뷰 내용도 자세히 나와 있었다. 그는 나에게 시달려서인지 외국의 여자 연구원이 선생의 묘지를 계속 찾으러 다닌다고 소개하기도 했다. 알면서도 모른 척해온 그들의 집단적 태도에 야속함마저 느꼈다.

커 선생이 잠든 곳은 아들 비석이 있는 뒤편 작은 화단이었다. 나는 지척에 두고도 그를 알아보지 못했다. 그 화단은 언덕을 배경으로 한 침침한 음지였는데, 깨진 비석 조각과 작은 돌멩이를 아무렇게나 세워놓은 무질서한 창고 같았다.

나는 그곳도 찾은 적이 있었다. 그러나 주인을 알지 못하는 비석들을 버릴 수 없어 방치해둔 것 같았다. 더군다나 화단은 제일 뒤편이라 앞 비석과 화단 사이가 비좁아서 그 사이로 들어가서 선 채 보기가 불편했다. 또한 화단의 앞쪽 상단에 차단하듯이 테두리가 넓은 화분을 여러 개 놓아두어 안을 자세히 살펴보기 힘들었다.

선생의 묘비는 투박한 작은 돌조각으로 남아 글씨조차 희미해서, 누군가가 그 비석이 선생 것이라는 사실을 알고 찾지 않는 한 발견이 어려웠다. 차마 지울 수 없는 인물이기에 이렇게라도 숨겨두어야 했을까? 다시 한번 중국의 이면을 알게 된 쇼킹한 사건이었다.

가족묘지로 복원한 배경에 대해 광저우 의과대학 유원명 교수의 이야기가 있었다. 그도 나처럼 역사에 심취해서 존 커 선생의 묘지를 찾으려 했고, 찾고 보니 그 초라함에 눈물이 날 정도였다고 한다. 그분이 묘지 복원을 제안해 그 뒤 빠르게 진행되었다고 한다. 유 교수는 중국 사회에 끼친 존 커 선생의 공헌에 감사했고, 현지 언론은 복원된 중국 최초의 서양 선교사 묘원이라고 평가했다.

이 역사적인 성과에 나 또한 보람을 느낀다. 내가 몇 년간 집요하게 선생의 묘지를 찾으러 여기저기 물어보고 발로 찾아다닌 시간이 묘지 관리소장을 비롯해 관련자들의 양심을 건드린 것은 틀림없다. 그들은 위치를 알고 있었지만 방치되어 초라한 묘지를 외국인인 나에게는 보여줄 수 없었을 것이다.

묘지가 복원된 뒤 존 커 선생의 삶도 재조명되고 있다. 커 선생의 가족묘원은 앞으로 선생의 박애와 사랑을 이어가는 교육장으로 활용한다고 한다. 가난하고 낮은 자를 향했던 커 선생의 사랑과 고귀한 헌신을 기억하자는 데 이의를 제기하는 이는 없었다.

끝없는 사랑

나는 2015년 봄 역사 유적 탐방팀을 이끌고 광저우를 찾아 그리웠던 존 커 선생과 가족묘원에 헌화할 수 있었다. 그는 사진에서 봐온 인자한 할아버지의 모습으로 나를 반겨주었다.

선생님, 이렇게 만나는군요!

시공을 넘어 연결된 감격이 몰려왔다. 자연스레 그의 마지막이 떠올랐다.

정신병원을 설립할 때 이미 그는 고령인 데다 병도 깊은 상황이었다. 그를 파견한 북미장로회는 전력을 다해 시대를 앞서가는 정신병원 설립을 저지했다. 유한한 선교 자금을 정상인에게

써야 한다는 것이 북미장로회의 방침이었다. 중국 사회도 달가워하지 않았다. 마치 금기 사항을 건드린 것처럼 서로가 외면했다. 누구도 커 선생의 말을 들으려 하지 않았다.

커 선생은 미국 본부에 사임서를 내고 평생 자신이 일군 박제의원을 떠났다. 동료들도 등을 돌렸다. 다시 혼자가 되었다. 청나라 말 혼란기, 정상적인 사람들도 살아가기 힘들 때 정신질환자는 감금당하거나 학대받은 채 죽임을 당하기 일쑤였다. 정신질환자는 짐승과도 같이 인권이라는 것이 없었다. 그 시대의 가장 작은 자였다. 존 커 선생은 당시 박제의원을 운영하면서 만난 정신병 환자들의 고통과 울부짖음을 외면할 수 없었다.

그 당시 개인이 감당하기 어려운 정신병 환자를 공공기관이 대신 맡아주는 이러한 정신병원의 출몰은 그 자체가 중국 사회복지의 혁명이었다. 아편전쟁으로 인해 반외세·반기독교 감정이 가득했던 중국 사회에서는 서양 의사의 어떤 헌신도 쉽게 받아들여지지 않았다. 하지만 정신병원의 등장에 중국인들도 마음의 문을 열 수밖에 없었다. 선생의 천재적 의술과 영혼 사랑에는 끝이 없었고, 이념도 편견도 무색했다.

21세기 사회주의 국가인 중국 사회에서 미국인 의료 선교사의 무덤이 다시 복원된 것은 결코 작은 일이라 볼 수 없다. 나는 또 한 번 생생한 역사 현장의 증인이 되었다.

존 커 선생과의 운명적 만남은 별처럼 내게 쏟아져 내렸다. 떨어진 별은 대지에 닿아서 내 삶의 불씨가 되었다.

선생님, 이제 새로운 안식처에서 평안히 쉬십시오.

이상한 대화법

말은 생활의 중요한 수단이다. 말이 통하지 않은 채 살아간다는 것은 답답하기 그지없는 일이다. 외국에 나가 살아본 사람이라면 그 나라 말을 못 해서 벙어리가 된 경험이 있을 것이다. 그러나 사람과의 소통에서 말보다 먼저 통하는 것들이 있다.

같은 동네에 사는 영애 언니의 아버지가 한국에서 오셨다. 우리가 살았던 동네는 중국의 신개발지로, 한국인들이 거의 살지 않는 외곽에 있었다. 시내에서 차로 50분쯤 걸렸다. 어느 날, 언니는 급한 일이 생겨 시내에 나가야 했다. 아버지는 시내를 구경 삼아 몇 번 다녀온 뒤 복잡한 도심 쪽으로는 가지 않으려 했다. 영애 언니와 아버지는 외출을 두고 현관에서 옥신각신하다가 옆집 중국 할머니를 만나게 되었다.

그 할머니도 중국의 다른 지방에서 손녀를 보러 온 손님이었다. 서로 간단한 소개가 오간 뒤 아버지가 대뜸 "이 할머니하고 친구하고 있을 테니 빨리 다녀와"라고 언니를 재촉했다. 차가 밀리는 도로 사정과 걸음이 느린 아버지를 생각하니 차라리 일을 빨리 처리하고 돌아오는 게 낫겠다 싶어 언니는 아버지께 당부의 말을 하고 시내로 갔다.

그런데 일이 생각보다 늦어져 언니는 한나절을 시내에 있다가 돌아왔다. 급한 마음에 집으로 달려오는데, 집 앞 나무 그늘에 아버지가 중국 할머니와 앉아 있었다. 웃으며 즐겁게 이야기를 나누는 모습이 눈에 들어왔다.

"그래, 맞아."

"그렇다니까."

아버지는 그렇게 맞장구를 치면서 재미있게 대화를 나누고 있었다.

신기했다. 마치 말이 통해 주거니 받거니 하는 것 같았다. 하지만 그럴 리 없었다. 아버지는 중국어를 한마디도 못 하는 분이고, 할머니 역시 다른 지역 사람이라 중국 표준어조차 잘 못한다. 지방 사투리를 심하게 써서 손녀가 통역을 하지 않으면 같은 중국인들도 할머니 말을 전혀 알아듣지 못했다. 중국은 지방별로 사투리가 심해서 출신지가 다르면 대화가 안 되는 경우가 많다.

언어로는 두 노인이 통할 수 있는 부분이 전혀 없었다. 그런데 거의 다섯 시간을 노인 두 분이 자식 이야기부터 고향 이야기, 여행 경험담 들을 나누었단다. 영애 언니는 아버지에게서 그 할머니의 손녀가 최근 임신했고, 손녀사위가 몇 년 전 한국에서 일한 적이 있다는 등 잘 모르던 옆집 소식을 전해 들었다. 며칠 후 확인해보니 모두 사실이었다. 이상한 대화법이다.

한국 할아버지와 중국 할머니는 나이가 비슷하고, 자식 집에 다니러 왔다는 공감대가 있었다. 사람이 대화할 때는 입으로 나오는 언어뿐 아니라 동작이나 표정을 통해서도 많은 것을 주고받는다. 그렇다 해도 오랜 시간을 다른 언어권에서 살아온 노인들이 즐겁게 소통했다는 사실은 말이나 글로 뭔가를 전달하는 데 익숙한 우리에게는 신기에 가깝다.

한 달 전 이야기다. 한국에 사는 여동생과 통화를 했다. 최근 동생은 집 근처에 작은 가게를 열었다. 서로 안부를 주고받은 뒤 동생은 가게에 관한 이야기로 열을 올렸다. 동생의 화제는 가게에 들일 물건 목록이었고, 동생의 말을 듣고 있던 나도 하고 싶은 이야기가 있었다. 나는 글의 소재에 관한 이야기에 집중했다. 상대의 이야기를 들은 뒤 자기 말을 하기는 했지만, 대화가 이어지지 않고 각자 일방적으로 자기 얘기만 쏟아낸 것이다. 나는 동생이 무슨 말을 하는지 알았지만 이에 대답하거나 신중히 듣지 않았다. 동생도 마찬가지였다. 이처럼 같은 언어를 사용하면서도 때로는 소통이 안 되는 상황이 발생한다.

사랑하는 연인의 말 없는 교감, 엄마와 아가가 나누는 소통은 언어 전의 나눔이다.

사람은 진정 무엇으로 통하는 걸까?

한국 할아버지와 중국 할머니는 그 답을 알고 있다.

인하초

내게는 끈질긴 생명력을 가진 인하초(忍夏草)가 있다. 의미 그대로 더운 여름을 참고 이겨낸 화초로 겨울을 이기는 인동초(忍冬草)에 대비해서 내가 붙여준 이름이다.

여름 두 달 동안 한국에 다녀왔다. 일 년의 두 달은 서울에서, 나머지 열 달은 중국 광저우에서 아이들을 공부시키면서 살고 있다. 일 년 중 이때 마음이 가장 착잡하다. 한국에 대한 아쉬움과 더운 날씨에 또 견뎌야 하는 중압감, 그리고 문화적으로 여전히 익숙지 않은 이곳에서 아이들을 잘 키워야 한다는 강박증이 동시에 밀려들기 때문이다.

아이들 학교가 있는 광저우에는 비가 내리고 있었다. 어줍은 마음을 쓸어내리기도 전에 내 손은 아파트 현관문을 열고 있었다. 새삼스럽게 다가오는 손때 묻은 살림과 익숙한 물건들이 나를 반겼다. 점심을 먹는 사이 빗줄기는 더 굵어졌다.

거실 탁자 위의 꽃병들이 눈에 들어왔다. 초록의 수생 식물로 가득했던 그곳은 누렇게 말라버린 낙엽의 창고로 바뀌어 있었다. 장기간 집을 비울 때 화병에 물만 가득 채우면 잘 버텼는데,

이번엔 급히 집을 떠나느라 물을 확인하지 않았나 보다. 작은 화초들은 이미 고사해버렸다. 줄기 전체가 미라처럼 말라붙어 형태조차 알아보기 힘들었다. 유리 화병의 스킨답서스도 마찬가지였다. 잎사귀는 없어지고, 회갈색이 된 줄기만 빈 화병에 걸쳐 있었다. 쭈그러든 노인의 발처럼 윤기라고는 찾아볼 수 없었다.

맨발에 밟히는 바닥 먼지가 마음을 자근거렸다. 청소 도구가 있는 베란다 문을 열었다. 더운 열기가 몰려왔다. 아열대 지역인 광저우의 무더위는 7, 8월에 최고조에 이른다. 한여름에는 도시 전체가 사우나 같다. 40도를 오가는 더위와 눅눅한 습기는 살아 있는 생물체뿐 아니라 사물의 속성도 바꿀 정도다. 베란다에 놓여 있던 플라스틱 빨래 바구니와 슬리퍼는 모양은 그대로였지만 잡아드는 순간 비스킷처럼 두둑 부러지며 떨어졌다. 걸레를 빨려고 수돗물을 트니 더운물이 왈칵 쏟아졌다. 한참 내려보냈는데도 온천수같이 김이 모락모락 나서 손을 대지 못하고 머뭇거렸다.

바닥 청소를 가까스로 마치고, 거실 탁자도 정리했다. 스킨답서스의 줄기에서 떨어진 조각들이 푸석이며 테이블 바닥을 덮었다. 잎사귀는 손을 대는 순간 먼지처럼 날아다녔다. 이런 날씨에 물 없이 두 달 동안 생명을 유지하며 버틸 식물이 어디 있겠나 싶어 안쓰러웠다. 치우려고 식물의 잔해를 집어 들다가 멈칫

했다. 뿌리 부분에서 희미하지만 서늘한 느낌이 감지되었다. 순간이지만 강렬한 전류가 흐르듯 온몸에 소름이 돋았다. 실핏줄 같은 가느다란 허덕임을 안고 주방으로 달려갔다. 위급 환자를 응급실로 옮기듯 신속히 물을 담아 스킨답서스를 물에 띄웠다.

주위가 어두워지고 있었지만, 그 생명이 지난 두 달간 무더위와 벌였을 사투를 생각하니 전등 빛도 조심스러웠다. 작은 스탠드를 켜고 자주 바라보는 것밖에는 달리 해줄 것이 없었다. 삶과 죽음의 기로에 선 작은 식물의 떨림이 느껴졌다. 긴박한 긴장감이 나를 순간적으로 일깨웠다. 집 안에서 키우는 식물에 대한 최소한의 배려도 없이 살아온 나 자신의 이기적이고 윤기 없는 일상에 대한 회한이었다.

여의찮은 이곳에서 나도 목마름이 있었고, 스킨답서스도 힘들었다. 하지만 그것을 대하는 태도는 달랐다. 스킨답서스는 물 없이 버려졌지만, 개의치 않고 묵묵히 홀로 그 시간을 견디며 생명을 유지하려 애썼다. 하지만 나는 말 없는 식물에 비해 얼마나 많은 원망을 입에 달고 사는가. 무더위와 갈증이 식물에는 생명줄이지만, 내게는 고작 생활의 불편함을 주는 정도인데 말이다.

그간 무력해지면 날씨 핑계를 대고, 우울해져도 축축한 습기를 들먹이고, 감성이 무뎌지면 긴 여름을 탓했다. 한국에 살 때는 좋은 환경을 당연시하고 감사할 줄 몰랐으면서, 여기서는 날씨 좋은 한국과 늘 비교했다. 어디에 있든 비교하며 만족할 줄 모르는 내 안에 있는 허망한 생각이 부끄러웠다.

며칠이 지나자 줄기 색깔이 달라졌다. 윤기가 흐르고 초록빛이 감돌았다. 그동안의 목마름을 온몸으로 빨아들여 해소한 듯하다. 스킨답서스는 기적처럼 살아서 다시 왔다. 맛 좋은 과일 향과 선명한 색깔이 벌이는 꽃의 향연 속에 여름밤은 깊어간다. 절망을 끝내고 부활한 인하초는 창가에 앉아 비 갠 하늘을 가득 품었다.

가방

아침마다 작은 고민에 빠진다. 집을 나설 때 들고 가는 가방에서 뭘 빼야 할까? 가방 소지품을 얼마나 줄여야 할까?

쿠션과 립스틱은 기본적으로 들고 다닌다. 휴지는 원래 작은 것을 가지고 다니다가, 최근 옆에서 빌려달라는 이들이 많아 큰 것으로 바꾸었다. 공중화장실이 많지 않은 이곳에선 휴지가 필수품이다.

그리고 휴대폰 여유 배터리가 들어간다. 손수건, 안경 및 선글라스, 지갑, 노트, 그리고 항상 읽는 책 두 권에다 밑줄을 그어야 책을 제대로 본다는 습관 때문에 필통도 빼먹지 않는다. 필통에는 자, 형광펜, 색깔별 볼펜, 샤프가 들어 있다. 이런 소소한 것들이 빠지면 왠지 불안하다.

책 두 권을 굳이 넣는다. 300페이지가 넘는 두꺼운 종이로 만든 책은 무게가 꽤 나간다. 읽고 있는 책에 집중이 안 되면 다른 책을 읽어야지 하는 야무진 생각으로 책 두 권을 포기하지 못한다. 시간이 아까울 때가 있다. 밖에서 누구를 기다리거나 은행에서 일이 예상보다 늦어지는 틈새 시간이다. 전화로 수다 떠는 것을 별로 좋아하지 않으므로, 남는 시간에는 자연스레 책을 본다. 가끔 급히 나오느라 책을 빠뜨려서 그 시간을 그냥 보낼 때는 갑갑하기 그지없다.

날이 더울 때는 양산에다 물통까지 가방에 들어간다. 그래서 내 가방은 핸드백보다는 배낭여행 떠나는 자의 가방 같다. 간혹 내 가방을 들어주는 이들이 "뭐가 이렇게 무거워요?" 하면서 슬쩍 가방을 보기도 한다.

선교 역사 리서치를 하면서 서류와 필기도구까지 늘어 어깨에 들기엔 가방의 무게가 너무 나갔다. 여름에 탐방 다닐 때 가방 무게를 조절하지 못한 까닭에 나는 무더운 날씨에 고생을 했다. 신발은 편한 것으로 바꿔 몸의 부담을 줄이면서 가방은 왜 그렇게 못하는지……. 덕분에 어깨, 목에 문제가 생겨 치료를 받기도 했다.

집에 돌아올 때면 '다음부터는 가방을 작은 것으로 바꾸고 꼭 필요한 것만 넣어 외출해야지' 단단히 마음먹는다.

외출 시간이 대략 3~4시간 전후이므로 중간에 비는 시간이 없다는 것을 안다. 하지만 내 손은 두꺼운 소설책이 안 들어가면 그보다 작은 성경책을 넣거나 시집을 넣고야 만다. 나도 무거운 가방이 싫고, 그 안의 물건이 다 필요치 않음을 알면서도 왜 메고 나가는지…….

무거운 가방을 들고 다니는 친구가 있었다. 그 친구는 초등학교 때 내 짝이었다. 선생님이 어느 날 전학 온 그 아이를 내 옆자리에 앉게 했다.

그 친구의 집은 근처 고아원이었다. 얼마 전 엄마가 돌아가셔서 동생과 함께 이곳으로 왔다고 했다. 그 친구의 가방은 늘 무거웠다. 자기 물건을 몽땅 넣어서 들고 다녔다. 고아원은 공동생활을 해서 그냥 놔두고 다니면 누가 훔쳐 간다는 것이다. 친구의 가방에는 엄마와 같이 찍은 사진들과 일기장, 엄마 스카프, 빗, 거울 같은 것이 들어 있었다. 책가방이 아니라 자신의 짐이 모두 들어간 수납장이었다.

나는 매일 이삿짐을 들고 다니는 것 같아 어린 마음에도 친구가 안쓰러웠다. 졸업 때까지 그 가방을 들고 어깨가 처져서 다니던 친구의 뒷모습이 눈에 선하다.

시간에 집착하는 내 모습은 그 아이의 어딘가와 닮았다. 오늘 하루를 가방에 모두 챙겨 넣으려는 듯 지나가는 시간에 초조한 자신을 본다. 넉넉한 나를 언제쯤 만날 수 있을까? 가방 꾸리기는 참으로 어려운 과제다. 당신이 좀 도와줄래요?

잠옷

17층 여자의 잠옷은 연한 올리브색이다.

아들을 학교에 내려주고 지하 1층 주차장에서 올라오는 엘리베이터를 기다리고 있었다. 구시렁거리듯 지하 2층에서 올라온 엘리베이터 문이 쓱 열렸다. 아침을 밀어내듯 재빨리 엘리베이터 안으로 들어가려다 손에 쥐고 있던 차 키를 떨어뜨릴 뻔했다. 17층 여자가 긴 머리를 풀어 헤치고 장미가 그려진 묘한 잠옷을 입은 채 벽에 몸을 기대고 있었던 것이다.

그녀는 "니하오"라고 가볍게 인사까지 한다. 눈을 어디에 두어야 할지 당황스러웠다.

아, 여기는 엘리베이터 안이지만 분명 집 밖인데…….

말문이 막혔다. 그녀는 동북 지방 출신답게 다부진 골격에 키도 꽤 크다. 아침의 부스스한 모습이 밀폐된 공간을 가득 채웠다. 손에는 빈 접시까지 들려 있었다. 유치원생 아들과 아침 먹이는 일로 실랑이를 벌인 것 같다. 평상시 잘 먹지 않는지 엘리베이터 안에서 음식 먹이는 것을 여러 번 본 적이 있다.

엘리베이터는 아직 잠에서 덜 깬 듯 느리기만 하다. 나는 17층 부부의 침실에 잘못 들어간 듯 괜히 허둥댔다.

며칠 뒤 우리 아들이 잠옷을 입고 학교에 갔다. 아들은 미국 국제학교를 다니는데, 이 학교는 학생들의 자발적 책임을 강조하는 대신 자유로운 활동을 펼치는 다양한 행사가 열린다. 그날은 스피릿 데이(Spirit Day)였다. 학생들이 평상시와 다른 스타일을 맘껏 연출할 수 있는 날이다. 남녀 학생이 역할을 바꿔 분장한다든지, 양말을 짝짝이로 신는다든지 아니면 머리를 미친 사람처럼 연출하기도 한다. 평상시와 다른 파격 혹은 일탈의 모습으로 변신하는 날, 아들은 외출복 대신 잠옷을 입고 학교에 가기로 했다.

아들은 잠옷을 입은 채 엘리베이터를 탔다. 우리는 그때 꼭대기 층에 살고 있었다. 내려가는 층마다 등교하고 출근하는 이웃들로 가득했다. 잠옷 입고 가방을 멘 아들을 보고 누구도 그 일탈을 눈여겨보지 않았다. 그냥 자연스러운 일상일 뿐이었다. 아들은 속이 시원한지 노래까지 부르며 학교로 갔다.

다음 날 아침, 엘리베이터 안에서 17층 아저씨를 만났다. 그 집은 유치원생 아들을 부부가 번갈아서 데려다주었다. 그 아저씨 또한 올리브 색상에 야릇한 장미가 그려진 잠옷을 입고 있었다.

이번에는 서슴없이 내가 먼저 인사했다.

"좋은 아침이에요."

촉

황포항 나루터에 서 있다. 천년 해상 실크로드가 시작된 곳으로 비석 하나만 덩그러니 남아 있다. 신라의 젊은 혜초도 여기서 배를 타고 인도로 갔다지. 등대 역할을 했던 뒷산 탑은 여전히 강변에 불빛을 뿌리고 있었다. 부두를 덮고 있던 여러 모양과 색깔로 치장한 해양선과 선원들의 흔적은 찾을 수 없다. 오래된 항구는 지난 세월에 힘을 쏟아버렸는지 마음을 비운 노인처럼 고요하다.

예로부터 각국 상인들이 몰려든 항구 도시답게 이곳 사람들은 비즈니스에 능하다. 중국인들은 광둥 상인들을 옛 지명인 월을 따서 월상(粤商)이라 부른다. 광둥 지역은 북으로 높은 산을 등지고 남으로는 바다를 마주 보고 있다. 월상들은 배를 타고 일찍부터 해외로 나갔다. 이들은 동남아 혹은 미국, 유럽 등지에서 화교라는 이름으로 눈부시게 활약하고 있다.

광둥 사람들을 만나면 인사하듯 묻는 말이 있다.

"생의(生意)를 하세요?"

비즈니스를 하느냐는 말이다. 삶의 의지와 사업을 하는 것이

동격인 셈이다.

월상들은 사물 속에서 상품의 가치를 찾아내는 독특한 촉을 가지고 있다. 광둥에서는 매년 국제 상품 박람회가 열린다. 박람회에 전시된 수많은 상품을 보면서 광채자(光彩瓷)를 떠올렸다.

월상들은 전통 경덕진 백자에 서양인들이 좋아하는 무늬와 색상을 가미해서 수출용 도자기를 만들었다. 이 도자기가 월상들의 촉이 빚어낸 광채자다. 광채자는 메리 여왕과 루이 14세를 매료시켰다. 서양인들은 광채자를 보며 동양의 신비로움에 젖었다. 삶의 의지를 드러낸 비즈니스는 아름답다.

내 글의 촉수가 이곳 광둥 땅에서 돋아난 것은 별똥별이 떨어지듯 했다. 펜촉을 이리저리 움직이다 보니 마음이 노래하기 시작했다. “생의(生意)를 하세요?” “네, 하고 있죠.” 주판을 구르던 숫자 대신 희열에 찬 기호로 이 도시를 채워나가고 싶었다.

월상들의 빼어난 촉은 그들이 지닌 감(敢)과 선(先)의 기질로 읽힌다. 이들은 새가 날아가는 곳이면 그들의 발자국이 찍힌다고 할 만큼 용감했다. 나 또한 촉수가 뻗어나가 덩굴을 이룬 글들을 보며 감히 쓸 용기를 냈다. 물건 팔 곳이 있으면 어디든 배를 타고 인도양을 지나 로마까지 갔다. 마음속 묘약이 머나먼 항로를 떠올릴 때마다 모락모락 연기를 내었다.

누구보다 앞서 새로운 상품과 시장을 개척해가는 선(先)의 촉은 내 안의 안주와 나태를 긴장시킨다. '이 정도면 됐어'라는 가벼움 대신 버거운 과제가 가슴 한쪽에서 북소리를 낸다.

월상들은 아침에 만나 차를 마시는 것으로 하루를 시작한다. 바깥과 소통하는 것이 문화가 되었다. 의견을 나누고 정보를 교환하며 자신의 색깔을 찾아가는 모습은 지혜롭다. 글쓰기 또한 더불어 가는 일이다. 시장의 생고기에서 나는 피비린내, 너저분한 골목 벽에 그려진 한자 낙서가 정겹다. 이 오래된 도시가 피부에 밀착되어 내 촉을 간지럽힌다. 마음의 촉이 손가락의 펜촉을 가늘게 움직인다.

언젠가 나의 광채자가 만들어질 것이다. 월상들이 미지의 세계를 향해 돛을 올렸듯 글 촉을 올려 먼 항해를 떠나려 한다. 아름다움과 새로운 것을 볼 수 있는 월상들의 날렵한 촉을 욕망한다.

진이 할머니

진이 할머니는 조선족 3세다. 바람이 시원한 아침 산책길에 만났다. 유아차에 누워 있는 아기에게 우리말로 요리조리 이야기하고 있었다.

할머니의 재롱을 손녀 진이는 눈을 크게 뜨고 신나서 본다. 손녀에게 손을 맞추고 발바닥을 비벼주는 진이 할머니의 모습은 자애롭다. 손녀를 돌보고 있어 할머니라 부르지 실은 50대 중반의 언니다. 키도 크고 등도 반듯한 데다 이목구비가 뚜렷한 미인형이다. 희망의 씨를 뿌리고 세대 간의 조력자로 살아온 그녀의 삶은 아름다운 기다림이 무엇인지 알게 해준다.

조선족 처녀

진이 할머니는 중국 최북단 '눈의 고향'이라 부르는 흑룡강성에서 왔다. 흑룡강성에서 목단강이 옆으로 흐르는 목릉(穆棱)시가 이분의 고향이다. 겨울에는 영하 30도를 밑도는 혹한의 땅이다. 춘풍이 불어 땅이 풀리면 주변의 송화강, 목단강 등 지류인 하천들이 녹아 흘러내리고 펼쳐진 평원에는 벼가 익어간다.

진이 할머니의 친정은 1930년대 경북 김천에서 한성을 지나 평양을 거쳐 국경을 넘었고, 길림의 능선을 지나 흑룡강으로 들어왔다. 이곳을 먼저 다녀온 친척이 그곳에 가면 생선이 크고 많아서 큰 칼과 도마를 준비해야 한다고 소문을 내고 다녔다. 할머니는 1954년생으로 6·25동란 후 남북 길이 막혀버린 때 태어났다.

산속의 버려진 황무지를 개간하며 좁쌀로 연명했던 조부모님도 돌아가시고, 6·25동란으로 삼촌들도 행방불명이 되었다. 진이 할머니는 부모님이 결혼해서 뒤늦게 얻은 큰딸로 농사일에 쫓기는 부모님을 밤늦도록 기다려야 했다. 진이 할머니는 조선족이 세운 학교에서 고등학교 과정까지 마쳤다. 머리가 좋았던 진이 할머니는 관청에서 일하고 싶었지만, 기회가 주어지지 않았다. 조선족 출신의 영민한 처녀가 갈 곳은 별로 없었다. 꼬였다는 생각이 들었지만, 이 실타래는 단번에 풀 수 있는 것이 아님을 알았다.

그 뒤, 간장공장에 취직해 열심히 일하면서 가슴 한편에는 자신의 열정을 이해하고 같이할 동반자를 기다렸다. 혼자서는 힘들지만 같이 한다면 좋은 일이 많이 생길 것 같았다. 그리고 스물한 살에 같은 공장에서 일하던 성실한 조선족 청년을 만나 결혼했다.

아들과 딸이 태어났다. 그리 넉넉하지는 않았지만 일하면서 아이들을 학교에 보내는 것이 즐거움이었다. 흑룡강의 겨울은 춥고 지루할 정도로 길다. 10월부터 추워지기 시작해서 반년 정도 겨울이 계속된다. 눈 덮인 들판을 바라보며 화덕에 고구마를 굽고, 뜨뜻한 구들장이 깔린 방에 앉아 언 동치미를 먹으며 행복했다.

긴 겨울밤 아이들을 재울 때면 외할머니의 감골 마을 이야기를 들려주었다. 들어도 들어도 질리지 않는 자장가였다. 아이들은 외할머니를 감꽃 할매라 불렀다. 진이 할머니의 친정엄마는 열 살 무렵 배고파서 떠나온 경북 김천의 감골 마을 이야기를 늘 해주었다. 노란 감꽃 아래서 친구들과 놀던 이야기며, 감꽃향이 얼마나 은은한지, 감꽃이 발등에 툭 떨어지던 모습, 그 꽃으로 목걸이를 만들어 걸고 다닌 이야기 등을 귀가 닳도록 들었다. 감나무는 동북에도 있지만 친정엄마 이야기를 들으면 진짜 감꽃은 김천 감골에 가서 봐야 할 것만 같았다. 친정엄마는 "나 죽은 후에라도 너는 반드시 가보라"고 유언처럼 말씀하셨다. 진이 할머니는 친정엄마의 고향집 주소를 가훈처럼 외우고 있었다.

첫아들을 낳은 1970년대 후반부터 중국에 개방 바람이 불기 시작했다. 나라 문이 열리고 사람들 마음에 빛이 들어오고 있었다. 친정엄마가 노래 부르듯 이야기하던 감골 마을이 다가왔다. 진이 할머니 안에 있던 희망의 기다림이 깨어나기 시작했다. 할머니는 아들의 잠든 모습을 보며 장벽이 없는 넓은 세상으로 날아가기를 소원했다. 1980년대 들어와 조선족들의 고국 방문이 허용되었다.

진이 할머니네는 하루하루를 기대와 설렘으로 채워갔다. 이웃들이 초청장을 받아 약재를 들고 서울로 갔고, 돌아올 때는 평생 만질 수 없는 돈을 벌어왔다. 마침내 서울 올림픽이 끝나고 큰아버지가 동생인 아버지 부부를 초청하며 비행기 표 2장을 보내왔다. 하지만 친정엄마는 그렇게 그리워하던 감골에 가지 못했다. 혈압이 높아서 비행기를 탈 수 없었기 때문이다. 진이 할머니는 큰딸인 자신이 대신 갈 것이라 믿었다. 드디어 자신을 가두고 있던 틀을 벗어날 기회가 왔구나, 생각했다.

감골 마을에 간다는 것은 부모님처럼 돈을 벌기 위해 오랫동안 집을 비우지 않아도 된다는 뜻이었고, 아들이 머리 쓰는 일을 할 수 있도록 돕는 새로운 문이었다. 1, 2세를 지나 3세인 자신이 감골에 돌아간다는 사실에 역사 한 편을 쓰는 것처럼 가슴이 뿌듯했다. 비록 국적은 중국이지만 우리말을 이어온 것이 자랑스러웠다.

친정아버지는 진이 할머니를 데려가지 않았다. 식구들이 서로 가려고 다투자, 아버지는 남은 비행기 표를 들고 혼자 서울을 다녀왔다. 누구를 선택할 수 없었던 아버지의 어려움을 알고 있었지만, 당시 남편과 함께 실직을 당한 진이 할머니는 앞길이 막막했다. 아버지는 떨어져 산 세월만큼 벌어진 삶의 격차만을 가슴에 담아 오셨다. 그리고 몇 년을 시름시름 앓다가 돌아가셨다.

고리

진이 할머니의 기다림은 절망으로 치달으려 했다. 하지만 아이들이 공부를 잘해서 엄마의 기다림을 이어갔다. 진이 할머니의 막힌 서울 길을 뚫은 사람은 남편이었다. 서울에 가서 공장 노동자로 취업한 것이다. 할머니는 남편이 보내준 돈으로 고향에 식당을 열었다. 식당을 해서 번 돈은 아들의 대학 등록금이 되었다. 남편을 기다리며 식당을 하는 동안 중국에 나와서 어렵게 일하는 한국 사람들을 그냥 지나칠 수 없었다. 춥고 배고픈 이를 보면 식당으로 불러 고깃국을 끓여 먹였다. '내 남편도 한국에서 누군가가 이렇게 챙겨주겠지' 하는 마음에서였다. 아들은 동북 지방을 벗어나 한국과 가까운 산동 지방으로 대학을 갔다.

졸업 후 아들은 한국 대기업의 중국 지사에서 중간 관리자로 일하게 되었고, 한국으로 출장도 자주 간다. 아들은 몇 년 전 광저우에서 만난 조선족 아가씨와 결혼했다. 며느리를 조선족으로 맞고 싶다던 할머니의 오랜 기다림이 그렇게 이루어졌다.

진이 할머니는 진이가 태어난 뒤 맞벌이로 바쁜 아들 내외를 돕기 위해 고향을 떠나 광저우에 와 있다. 구십을 바라보는 친정어머니는 동북 지방에 살아 계신다. 진이 할머니는 동북의 매서운 겨울바람 속에 2세인 친정엄마의 뒤를 밀고, 4세인 아들을 끌며 살아왔다. 언제부터인가 자신의 삶은 고리라고 여겼다.

진이 할머니는 친정아버지가 자신을 서울에 데려가지 않은 것을 두고두고 원망했지만, 돌이켜 보면 고향에 남은 것이 순리였다고 생각한다. 서울로 갔더라면 아마 고리가 끊겨버렸을 것이다. 고리를 이어주는 것은 돈이 아니라 서로 같이하는 마음이다. 돈 벌러 한국으로 떠났던 많은 조선족 가정이 무너졌다.

진이 할머니는 자신이 중간에서 친정엄마와 아들을 이어주는 고리를 쥐고 있어, 자신 또한 한국 바람에 휩쓸리지 않았다고 가슴을 쓸어내린다. 남편이 대신 가서 자신은 연로한 친정엄마를 모실 수 있었고, 아들의 곁을 지킬 수 있었다. 정신이 가물가물한 엄마 곁을 지금은 남편이 지키고 있는데, 여전히 감골 마을 이야기를 하신단다.

나무 그늘에서 진이 할머니가 내게 물었다.

"동생은 어떻게 여기를 왔는가?"

나 역시 기다림을 이루기 위해서 왔다. 공부하는 아들 옆을 지키며 남편과 떨어져 살고 있다. 진이 할머니가 고향에 유기농 콩을 많이 심었다고 한다. 석장이라 부르는 청국장 맛이 그립다고. 여름에 흑룡강 그 산자락 마을에 함께 놀러 가기로 했다.

초록심장의 전설

옛날 이곳 사람들은 물 위에서 살았다. 작은 배 한 척이 이들의 집이고, 여러 배가 모여 마을을 이루었다. 물결 따라 움직이는 수상 도시를 만들었다. 작은 고깃배 위에서 사람들이 태어나고 썰물처럼 사라졌다.

땅을 밟고 살아야 하는 포유류가 양서류들처럼 물에 몸을 맡기고 오랜 시간 지내왔다. 물빛이 초록이라서일까, 점점 물 위에 사는 사람들의 심장은 초록색으로 변했다. 언제부턴가 이들을 초록심장이라 부르기 시작했다. 폭풍우가 몰아칠 때면 파도는 사정없이 작은 배들을 휩쓸어버렸다. 하루하루 사는 것 말고는 더 가질 수 없던 소박한 삶은 지쳐갔다.

뭍에 가는 것은 금지되었지만, 초록심장은 가끔 몰래 올라가서 과일 열매를 따오곤 했다. 형형색색의 꽃이 풍기는 마력 같은 향과 흙의 온기는 금단의 땅에 대한 신비감을 더해주었다. 들녘에는 차이신[菜心]이라 부르는 초록 채소가 파도처럼 물결치고 있었다.

"우리와 같구나."

초록심장은 벗을 만난 듯 마음이 잔잔해지고 밝아졌다. 한순간 모든 것을 앗아가는 파도와는 다른 초록 물결이었다. 물 위로 돌아온 초록심장은 매일 밤 들녘에 서 있는 꿈을 꾸었다. 평화로운 그곳에 살고 싶었다. 초록심장의 속내를 알아챈 물고기들의 방해는 엄청났다. 평생 같이하겠다는 약속을 믿고 몇천 년 동안 자신들의 몸을 던져주었는데, 그 오래된 언약을 깨려 한다며 꾸르륵거렸다.

들판을 향한 초록심장의 동경은 갈망이 되고, 지독한 그리움이 쌓여 어느 밤 달빛에 녹아버렸다. 산산이 흩어진 그리움의 잔재는 홀씨가 되었다. 물고기들의 감시를 뚫고 바람을 탄 채 땅으로 날아올랐다. 마침내 들판의 차이신 한 모숨 한 모숨 속으로 파고들었다. 물고기들이 추격을 해온다 해도 많은 무리에 숨어 있는 것이 안전하다 싶었다. 마침내 초록심장의 그리움은 차이신과 한 몸이 되었다.

영원할 것 같았던 물고기 왕국도 오만한 폐쇄성으로 서서히 몰락했다. 초록심장은 그 틈을 타 뭍으로 올라왔다. 초록심장들은 배 위에 살던 시간을 떠올렸다. 늘 배가 기울어지지 않게 조심해야 했고, 물 위로 올라오던 정체불명의 벌레들과 스멀거리며 피부를 덮는 불길한 습기를 잊지 않고 있었다. 땅 위에 사는 것이 얼마나 큰 축복인지 알게 되었다.

땅 위에서는 여러 가지 일이 생겼다. 바빠진 초록심장은 들판의 차이신을 잊어버렸다. 시간이 흘러 초록심장은 들을 지나게 되었다. 차이신이 있는 들녘은 색으로 넘실대고 있었다. 넉넉히 채워주는 하얀 햇살과 뭉게구름이 파란 하늘에서 춤추며 채소의 몸뚱이로 파고들었다. 노란 꽃과 알록달록한 나비의 왈츠에 화음을 맞추는 초록 잎의 노래는 초록심장들을 따뜻하게 데워주었다. 하지만 초록심장들은 자신이 가난할 때 만났던 차이신을 기억하지 못했다.

"어쩜 이렇게 예쁠까."

초록심장은 왠지 차이신에게 끌렸다. 자신의 그리움이 차이신의 가슴에서 뛰고 있음을 알지 못했다.

차이신과 만난 뒤 초록심장의 움직임은 더 활발해졌다. 세상 여러 곳으로 뻗어나갔다. 물과 땅을 두루 섭렵한 그들은 지혜로워서 월상(粵商)이라는 작위도 부여받았다. 부자가 된 그들의 식탁은 산해진미로 넘쳐 났지만, 초록심장은 어디를 가든 차이신을 식탁에 초대했다. 차이신이 보이지 않으면 왠지 모르는 결핍감이 생겼다. 초록의 채소볶음이 올라와야 제대로 밥을 먹은 듯 포만감이 느껴졌다. 초록심장이 가는 곳이라면 차이신은 어디든 따라갔다. 태평양을 건너 큰 대륙으로, 동남아의 섬나라로 속속들이 실려 갔다.

차이신은 식이섬유, 비타민도 풍부해서 영양소의 보고다. 까

탈스런 껍질을 벗겨야 하는 것도 아니고, 쓸모없는 부분을 다듬어서 버릴 것도 없다. 잎, 줄기, 노란 꽃까지 다 먹는 경제적 채소다. 그래서 실리를 중시하는 초록심장에게 딱 맞는 식물이었다.

초록심장은 홍콩영화에도 차이신을 선보였다. 차이신이 얼마나 매력적인지 알려주고 싶었다. 다들 오도독 깨물어 먹는 저 초록 채소가 무얼까 궁금해했다. 후루룩 면발 먹듯이 입안으로 빨아 당기는 소리가 나면서 젤리뽀처럼 미끄러지듯 들어가 먹히는 모습은 재미있었다. 영화를 보는 사람들은 차이신의 온몸을 훑고 싶어 코끝이 찌릿했다. 껌도 아니요 오물거리는 완구처럼 느껴지는 저 초록의 몸을 꼭 물어보고 싶었다. 배우들의 수다스러운 대사는 귓가를 스칠 뿐 사각거리는 소리는 채소가 관능적일 수 있음을 보여주었다.

차이신 중앙에는 노란 꽃이 있다. 작은 꽃은 초록심장을 지키는 촛불처럼 봉곳이 솟아 있다. 유채화를 닮은 작은 꽃은 방울방울 모여 하나의 꽃봉오리로 속삭인다.

"너는 나잖아. 그 옛날 그리움이 잉태한 우리는 하나야."

이 도시는 일 년에 몇 달은 안개를 가장한 물의 습격을 받아 여전히 물에 떠 있다. 도시는 축축하고 양서류 생활이 이어지고 있다. 오래된 그리움이 현실이 된 줄도 모른 채 우리는 바쁘게 가고 있다. 자신의 하나뿐인 심장을 내준 차이신은 아름답다.

과학성의 독거노인

비행접시가 중국의 이름 없는 마을에 착륙했다. 언론은 연일 이 놀라운 사실을 대서특필했다. 비행접시 출몰은 충격 그 자체였다. 사람들이 몰려들었다. 비행접시 안에는 막대한 돈과 첨단의 IT기술이 실려 있었다. 출입이 허용된 사람들 외에는 비행접시 안에 들어갈 수 없었다. 밤낮을 가리지 않고 경비가 엄중했다.

사람들은 궁금했다. 점점 관심이 기대감으로 변해갔다. 비행접시가 가져온 돈과 과학기술이 지금보다 더한 행복을 가져다 줄 것이라는 확신에 가슴이 뛰었다. 아, 드디어 사람은 꿈꾸고 기술은 이루는 날이 다가왔다!

거대한 일은 많은 사람을 필요로 했다. 수많은 남자가 중국의 동북 혹은 한국이라는 지역에서 몰려들었다. 비행접시가 싣고 온 과학기술은 암호로 되어 있다. 동북쪽의 작은 나라 한국, 이 첨단기술은 그들의 언어로만 해독할 수 있었다. 한국인과 한국어를 구사하는 조선족 교포들이 속속 모여들었다.

황금의 도시가 그 삽을 뜨기 시작했다. 첨단기술로 이루는 과학의 성채라서 사람들은 그 동네를 '과학성'이라 불렀다. 성곽을 두르고 안에 첨단 요새를 만들기 시작했다.

원래 이곳은 띄엄띄엄 작은 농가들 외에 아무것도 없었다. 자고 일어나니 동네 앞산이 무너졌다. 산은 평지가 되고 공장과 아파트 공사가 시작되었다. 노란 모자를 쓴 사람들이 어디선가 몰려왔다. 타워크레인 수백 대가 여기저기 설치되어 철골을 세우고 건물을 지었다.

건설 현장 사람들을 비롯해 설비와 기계 전문가들이 가방을 들고 과학성을 찾았다. 땅을 구획해서 펜스를 치고, 굴삭기 소리가 어스름해질 때까지 끊이지 않았다.

웬 사람들이 이렇게 많이 모일까.

교통대란에 대비해 시내와 연결되는 지하철 공사도 시작되었다.

"야호, 뭐든 되는구나!"

과학성은 들썩거렸다.

중국의 만만디 속도는 자취를 감추고 과학성은 빠르게 변하고 있었다. 거대한 도시의 밑그림을 그리듯 식당이 들어서고 민박집과 비즈니스호텔이 성시를 이루었다. 뒤따라 한국 식품점, 은행, 노래방, 치킨점이 문을 열었다.

택시기사, 부동산중개사, 호텔 직원들을 만나면 '안녕하세요',

'감사합니다' 등 한국말 인사를 자연스레 나눈다. 한국인들이 아침마다 타 먹는 커피믹스도 유행이 되었다. 커피보다는 차를 주로 마시는 중국인들도 비닐봉지에 날렵한 커피믹스 몇 개를 넣어 출근하는 모습이 자주 보였다.

과학성에 입성한 이들은 한국에서 온 건설 관계자들, 공장 기술자들 혹은 협력업체 개인사업자들이다. 여기에 한국어를 할 수 있는 젊은 조선족 교포들도 합세했다. 대부분 한국에서 홀로 온 남자들이 많았다. 언제부터인가 사람들 사이에 독거노인이라는 말이 유행하기 시작했다. 한국에서 건설 현장에 파견된 역기러기 가장들은 스스로 독거노인이라 불렀다. 혼자라는 것은 때론 자유롭기도 하지만, 노인이라는 단어와 연결되면 서럽고 외로운 뜻이 돼버린다.

독거노인들은 자칭 주민 복덕방이라 부르는 골프연습장에 밤마다 모여 운동 반 수다 반으로 하루를 마감한다. 그곳에는 IMF 후 다시 일어나려는 한국 가장들의 허기와 외로움이 맴돌았다. 비가 추적거리며 오는 날 배추전이 먹고 싶어 부침가루과 막걸리를 사 가던 독거노인의 뒷모습은 한 장의 사진이 되었다. 맞벌이 아들 내외 때문에 손자를 키우는 조선족 독거노인은 습관적으로 고향에 돌아가고 싶다고 말했다. 퇴근한 며느리가 불편해할까 봐 집에 들어가지도 못하고 컴컴한 동네를 돌고 또 도는 것을 여러 번 보았다.

누가 모임을 만든 것도 아닌데 독거노인들 중 소수의 여자들은 영마트라는 한국 식품점에, 남자들은 골프 연습장에 모여 두려움과 외로움을 견뎌냈다. 첨단기술도 어쩌지 못하는 독거노인들의 가슴 데우기는 오늘도 이어진다.

빈집 열리다

그녀는 삼 일째 혼자 있다. 기러기 가정으로 벌써 십 년째 아들의 해외 생활을 돕는 것이 그녀의 주요 일과다. 학교 축구 시합을 하러 다른 도시로 간 아들은 내일 돌아온다. 아들의 부재를 메우기 위해 그녀 나름대로 바빠야 할 것 같다.

사람들과 점심 약속도 잡고, 짝퉁 시장에 가서 가방도 하나 샀다. 블로그에 올릴 자료 사진도 미리 찍어두었다. 그런데 며칠간의 바쁜 일정 탓인지 두통이 오기 시작했다.

외출해서 집에 돌아오자마자 그녀는 잠 속으로 빠져들었다. 문득 주위가 조용하다는 생각에 눈을 떠보니 사방이 캄캄하다. 옆에 놔둔 휴대폰을 들어 보니 7시를 가리키고 있었다. 불을 켰다. 책상도 어질러져 있고, 소파에는 던져놓은 물건이 가득하고, 옷장 문도 반쯤 열려 있었다. 늦은 아침 겸 점심을 먹은 탓에 빈속이 찌릿찌릿 시려온다. 집 안에 아무도 없다는 적막감이 배고픔을 재촉한다.

어제 아침의 일이 떠오른다. 동네 사거리를 벗어나는데 한 무리의 웨딩 퍼레이드 차가 나타났다. 예닐곱 대의 차량에는 신랑 신부와 들러리 친구들이 타고 있었다. 분홍 리본과 꽃으로 잔뜩 치장한 고급 자동차들은 '레 잇 비'라며 붕붕거렸다. 친구들은 신랑 신부를 차에서 내리게 해 아이스 스프레이를 뿌리고 폭죽을 터트리는 등 소동에 가까운 축하 퍼레이드를 했다. 촬영 기사가 부지런히 이 모습을 영상에 담고 있었다.

도로교통법도 결혼식 차량에는 관대한지 통제하는 이도 없다. 그들이 도로를 막고 있어서 그녀는 몇 분을 엉거주춤 차 안에서 기다려야 했다. 실속 있게 사는 이들의 일상과 달리 결혼식만큼은 신랑 신부의 술잔에 넘치는 술처럼 화려함이 넘친다.

저녁이 온 그녀의 집은 한적했다. 그녀는 빈집으로 막 들어서고 있다는 생각이 들었다. 그녀는 늘 가족과 함께 이루어가는 집을 꿈꾸었다. 아직도 그 집의 완성이 멀었다 싶은데 슬그머니 빠져나가기 시작했다. 작년에 큰아들이 대학에 입학해 다른 도시로 가면서 집을 떠났다. 아이만 떠난 것이 아니라 아이가 즐겨쓰던 물건들도 차례로 빠져나갔다. 집 안에 있던 아이의 물건은 거의 자취를 감추었다. 아들이 떠난 뒤 빈 그릇, 빈 의자, 빈 책상을 보면서 그림자와 몇 달이나 씨름했다. 신발 넣을 공간이 부족했던 신발장은 반이 비어서 안 쓰는 공구들을 보관하는 수납장으로 바뀌었다.

내년에는 작은아들마저 떠날 것이다. 비어가는 집을 보면서 비움의 여백에 따라오는 채움의 미덕을 알아차렸다. 아들은 자기 방을 비우면서 그녀에게 함께 보낸 20년의 추억을 채워주었다. 비 온 뒤 화초들이 갓 세수한 얼굴로 배시시 웃듯이 그녀도 빈집에서 흠뻑 고요와 정중동을 즐기고 싶어졌다.

간편한 샌드위치를 만들어 책상 앞에 앉는다. 그녀의 글쓰기는 망설이지 않고 빈집을 열어간다.

4
부

한류 김밥집

점심시간이 되어 손님들이 몰려왔다. 아는 얼굴이 '대박'이라며 엄지손가락을 치켜든다. 은해는 손님을 향해 가볍게 웃었다. 지난겨울 은해는 김밥과 분식을 파는 작은 식당을 열었다. 한국 사람도 거의 없는 낯선 동네에 겁도 없이 말이다. 그리고 대박을 터트렸다. 이 모든 것이 은해에게는 꿈처럼 느껴졌다.

직감으로 찾은 틈새

몇 달 전과 지금은 상황이 다 달라졌다. 이 동네를 처음 찾아올 때가 생각났다. 중국 광저우의 봉제공장에 투자했다가 인건비와 원자재 가격이 치솟는 바람에 견디지 못하고 문을 닫았다. 어떻게든 일어서려고 버티고 있을 때였다. 수중의 돈도 떨어져 가고, 그나마 몇만 위안 남은 것을 탈탈 털어 정처 없이 이 넓은 도시를 헤매었다. 문득 고등학교 다닐 때 교문 옆 무허가 건물에서 김밥과 쫄면을 팔던 분식집 아줌마의 얼굴이 떠올랐다.

김밥이라도 말아서 팔아볼까.

처음에는 이곳저곳을 기웃거리며 걸어 다녔다. 시장에도 들어가 보았는데, 의자 두세 개 놓을 정도의 간이식당도 월세가 몇 만 위안이었다. 더군다나 어눌한 중국어로 몇 마디 물어보니 자기들끼리 키득대며 어디 사람이냐고 농을 걸었다. 거친 기세에 눌려 머쓱해서 나와버리고 말았다.

어디로 가야 할까.

다시 버스를 탔다. 한국은 이맘때쯤이면 단풍이 들어 산으로 들로 나들이를 나섰는데, 돌아가고 싶어도 이제는 너무 멀게만 느껴지는 고향이다. 이곳의 더위는 꺾일 줄 모른다. 하루 종일 돌아다녀서 목도 마르고 땀도 많이 흘려 기운이 쭉 빠졌다. 버스 안은 에어컨 냉기로 오싹할 정도로 시원했다. 생수 한 병을 거의 다 들이켠 뒤 의자를 침대 삼아 기진맥진한 채 반쯤 드러누워 있었다.

그러다 부랴부랴 버스에서 내렸다. 창밖에 M이라 적힌 맥도날드 표시가 눈에 들어온 것이다. 은해는 내리자마자 M을 향해 달려갔다. 하루 내내 화장실을 못 간 데다 생수 한 병을 통째로 들이켠 탓에 아랫배가 터질 것만 같았다. 공중화장실이 많지 않은 이곳에서 맥도날드는 급한 일을 보기에는 안성맞춤이다.

볼일을 보고 맥도날드에서 나와 주변을 둘러보았다. 왠지 마음이 편해졌다. 은해가 버스에서 내린 대로변에서 맥도날드 쪽으로 중간에 골목이 나 있었다. 무성한 잎사귀가 녹음을 만들어

손짓했다. 나무가 울창해 동네로 들어서는 것이 아니라 산사로 이어지는 길이 아닐까 하는 터무니없는 상상도 해보았다. 대로변에 있는 가게들은 예상대로 은해가 가진 돈보다 몇 배나 비싼 월세를 요구했다.

큰길을 벗어나 안으로 들어가다 보면 아주 싼 데가 있을지도 몰라.

은해는 왠지 여기가 좋았다. 어차피 은해는 가진 돈도 얼마 되지 않고 이곳에 대한 정보도 없었다. 머리를 짜낸들 은해가 선택할 수 있는 것은 별로 없었다. 자신의 몸뚱이밖에 없는데, 그러자면 마음이 끌리는 곳이 최선인지도 몰랐다. 세상에 그렇게 가게를 얻는 사람도 있냐고 할지 모르지만, 그때 은해의 처지가 그랬다. 그냥 마음에 일어나는 자연스러운 감이 중요했다.

직감이 잘못되었다 해도 은해는 더 이상 잃을 게 없었다. 걷고 걸어서 동네 안 깊숙이 들어갔다. 동물병원 옆에 벽도 없이 방치된 작은 가게 터가 눈에 들어왔다. 강아지 털도 많이 날리고, 골목 끝 막다른 곳이라 가게를 놀리고 있던 주인은 별 욕심 부리지 않고 싸게 세를 주었다.

간단히 인테리어 하고 주방 집기를 사는 것으로 가진 돈이 모두 떨어졌다. 이제부터는 운명에 맡길 수밖에 없었다.

여기까지 왔는데 더 바닥으로 떨어진들 어떠랴.

빼길 것도 날릴 것도 없는 한계에 이르니 은해는 두렵거나 불안하지 않았다. 아무 생각도 나지 않았다. 단지 '하루라도 빨리 분식집을 열어 김밥을 말아 팔아야지'라는 생각뿐, 누가 사 먹을지 전혀 짐작되지 않았다.

그곳에 들어가 살면서 이 손님 저 손님을 통해 동네 이야기를 듣게 되었다. 이곳은 광저우의 우양신청[五羊新城]이라 부른다. 1980년대 중국 개방 물결을 타고 광저우에서 처음 개발된 신시가지였다. 30년 전만 해도 논 벌판에 벼 물결이 치고, 이곳 사람들이 먹는 채소가 푸른 바다를 이루고 있었다. 논 중간중간 농기구를 두는 허름한 창고가 있었고 돼지우리, 소 축사가 간간이 있어서 거름 냄새가 질펀하게 났다.

개발팀들의 야심에 찬 첫 작품인데 성공을 거뒀다. 당시 광저우는 전기든 수도든 공동으로 쓰거나 아직 들어오지 않는 곳도 많았다. 아담한 단독주택과 높고 낮은 층고감을 살린 아파트를 지어 각 집에 전기와 수도 그리고 전화까지 설치한 이 주택지는 광저우 사람들에게 새로운 꿈을 꾸게 했다. 홍콩 사람들과 부유층들이 분양을 받으면서 이곳은 신흥 고급 주택가로 변모했고, 중국 전역의 은행과 식당이 속속 입점했다.

배정중고 같은 역사가 백여 년이 넘는 명문 학교들이 옮겨 와서 유치원부터 고등학교까지 광저우 8학군을 이루었다. 2010년

아시안게임 개막식이 열렸던 하이신샤[海心沙]도 산보 삼아 걸어 갈 수 있을 만큼 가깝다. 또 새로운 금융가 주장신청[珠江新城]도 도로 건너편에 떡 버티고 있다. 광저우의 새 동맥이라 할 수 있는 곳이다. 얼마나 격세지감인가.

이 많은 스토리를 알았다면 은해는 이곳에 와볼 엄두도 못 냈을 것이다. 동네 이미지로 볼 때 은해가 가진 것으로는 어림도 없었으니 지레 겁먹고 물러났을 텐데, 감을 믿고 무턱대고 들어온 것이다. 고정관념에서 벗어나 자유로운 상태에서 발동된 직감 덕분에 은해는 자신도 모르는 사이에 어려운 시기를 돌파할 수 있었다.

지금은 주변이 빠르게 발전해서 우양신청이 안으로 숨어버린 것처럼 보인다. 고층 빌딩이 자리 잡은 대로변을 벗어나 골목으로 들어가면 소음이나 복잡함이 언제 그랬냐 싶게 소담스럽고 느긋한 풍경으로 변했다. 도심 속의 읍 시가지 정도랄까. 광저우 정서가 밴 토속적인 모습이 골목 여기저기서 튀어나와 반갑게 맞아준다.

연인들이 손을 잡고 걸어가는 완만한 곡선을 따라 단독주택과 7~8층 정도의 아파트 단지가 모여 있다. 골목의 나무 한 그루, 화초 한 줄기에도 섬세한 손길이 들어가 그린하우스를 연출해낸다. 건물 1층에는 대부분 작은 상점들이 다닥다닥 붙어 있다. 미장원, 국숫집, 양찻집, 자전거 수리점, 생숫집, 찻집 등 오밀조밀 붙어 있는 모습이 정겨움으로 다가와 성큼 들어서고 싶게 한다. 골목 안 두세 평의 작은 가게 앞에는 늘 손님이 서 있거나 지나다녀서 동네에는 생기가 넘쳐흐른다.

우양신청은 이곳 사람들에게 오랜 친구 같다. 옛 모습을 보존하면서 새로운 모습으로 변모한 그들의 꿈을 이룬 곳으로 가슴 한편에 남아 있다. 그래서 다른 문화를 즐길 수 있는 작은 가게 정도는 받아들일 여유가 있는 곳이다.

은해는 자신의 기대를 넘어선 결과에 대해 운이 좋았다고 믿는다. 사전 답사나 치밀한 준비도 하지 못하고 그저 마음 가는 대로 움직였다. 그래서 결단도 빨랐고, 결정이 나면 이것저것 고려하지 않고 해버렸다. 수중의 적은 돈이 많은 생각을 차단시켰고, 한 가지 감각으로 집중하게 했다. 자신에게 가장 필요한 감각만 본능적으로 남겨놓았는지도 모른다. 남은 한 가닥 직감으로 평소라면 보지 못했을 좁은 틈을 볼 수 있었다.

그들에 의한 한류

은해는 미리미리 준비할 여력이 없어서 어떤 상황이 발생하면 그때그때 맞춰가야 했다. 앞질러 갈 수가 없었다. 일이 터지거나 손님들의 반응이 오면 맞춰갔다. 어찌 보면 수동적 태도 같지만, 손님들보다 한걸음 늦춰가는 것도 좋은 대처법이라는 생각이 든다. 은해의 가게 간판에는 한류라는 글자가 없다. 자기 이름을 따서 은해식당이라 지었다. 실제 한류의 영향력에 대해서도 몰랐고 또 이용하고 싶은 생각도 없었다.

가능하면 한국 사람들이 없는 곳에 가서 장사하고 싶었다. 중국까지 와서 이런 작은 가게를 하냐는 교민들의 비아냥거리는 소리도 듣기 싫었기 때문이다. 중국에서 한국 사람들이 가게를 열었다 하면 한류 자를 붙이지 않는 경우가 드물었다. 너무 남용된다는 느낌이 들 정도였다.

은해의 가게에 한류 김밥집이라는 별칭을 붙인 이들은 오히려 현지 중국인들이었다. 맥도날드에서 햄버거 세트를 먹으면 40위안이 들지만, 우양신청의 한류 김밥집에서는 김밥과 떡볶이, 미역국을 다 먹어도 그만큼 돈이 안 든다고 친구들에게 알린 사람들은 이곳 젊은이들이었다.

가게 근처에 중학교 뒷문이 있다. 처음에는 중학생들이 점심시간에 나와 김밥이나 덮밥, 쫄면을 찾기 시작했다. 아이들은 음식을 기다리다가 손등에 베껴 써온 한글을 보여주며 물었다. 싸이의 강남이 도대체 무슨 의미인지, 이태원과 홍대 앞 등 남방소녀들의 가슴을 두근거리게 하는 아득한 곳에 대한 기대감이나, 빅뱅과 소녀시대 등 아이돌 이야기를 참새처럼 재잘거리며 연신 물었다. 아이들은 한국 아줌마가 만들어주는 한국 음식을 먹으면서 한류 문화의 한 자락을 붙들었다.

젊은이들은 더 구체적으로 한류를 즐겼다. 어느 날 청년들이 와서 밥을 먹고는 재미있다는 듯 김밥집 사진을 이모저모 찍었다. 그리고 웨이보[微薄, 중국식 트위터]에 사진을 올렸다. 그 웨이보는 여행과 음식에 관한 정보를 나누는 곳으로 꽤 유명했다. 그렇게 은해도 모르는 사이 작은 가게는 우양신청의 한류 김밥집이라는 이름으로 광둥성 전역에 퍼져나갔다. 반응은 폭발적이었다.

주말이 되면 인근 도시에서 일부러 열차를 타고 삼삼오오 찾아오는 친구들도 생겼다. 은해는 말로만 듣던 중국 내에서의 한류가 어떤 것인지 실감했다. 작은 분식집과 한류가 무슨 연관이 될까 싶었는데, 남의 일로 여겼던 한류가 자신의 동아줄이 돼주었다. 가게에 몰려드는 사람들의 모습에서 은해는 중국에 인구가 많다는 것을 새삼 실감했다. 주말이 되면 식당에 들어오지 못하고 돌아가는 손님들도 생겨서 그만 왔으면 하는 마음마저 들 정도였다.

젊은이들은 명소를 보러 오듯 들이닥쳤다. 간판을 배경으로 한 기념사진은 예사고, 나오는 음식마다 찍고, 먹을 때의 느낌, 작은 가게 안의 미세한 풍경이나 변화들도 올렸다. 그리고 음식을 직접 만드는 은해에게도 관심이 많았다. 어떤 부모는 외동아들과 같이 와서 떡볶이를 사 먹고는 사진 한 장 찍어주면 안 되겠느냐고 억지도 부렸다.

웨이보에는 '스스로 발견한 작은 골목의 한류 김밥집', '우연한 곳에서 먹는 한국의 맛', '비빔국수도 먹어볼 것. 매콤달콤 맛있음', '한국 사람들도 만날 수 있음. 한국어를 나눌 절호의 찬스', '집에서 직접 해 먹는 듯한 가정식 음식' 등등 작은 이야기가 실시간으로 올려져, 한류 문화에 대한 향수를 이어갔다.

온라인상에서 가장 많은 문의가 식당 위치 안내였다. 그들의 표현을 빌리자면 꼭꼭 숨은 김밥집을 찾아가는 미로 찾기는 재미 중의 재미였다. 은해식당을 찾아오는 것으로 이들의 유희는 정점에 달했다. 손수 약도까지 재미있게 그려놓고 있었다. 골목 구석에 자리 잡은 입지의 불리함을 이렇게 웨이보에 올린 한류 이야기가 역설적으로 살리고 있었다.

은해가 그렇게 해달라고 부탁한 것도 아닌데 자기들이 알아서 하고 있었다. 그들은 한류라는 문화를 즐기고, 은해는 돈을 벌었다. 은해는 가게만 열었을 뿐이고 가게를 꾸려가는 이들은 이름도 모르는 한류 마니아들이었다. 그들은 청하지 않은 반가운 손님들이었다.

광저우에는 한국 음식점이 많다. 한류라는 이름을 넣어서 대로변에 식당을 얻어 간판을 화려하게 하고 전단지를 돌리는 등 요란하게 시작하지만, 다 성공하는 것은 아니다. 한류라는 문화 현상이 우리나라에서 비롯된 것이지만 '한국인 위주의 한류'라고 고집을 부리면 안 될 것 같다. 은해가 앞서서 이런 것이 한류라고 강요하거나 주입하려 했다면 중국 젊은이들이 이런 뜨거운 반응을 스스로 보였을까.

중국의 젊은이들은 스스로 이 가게를 통해 한류라는 트렌드를 즐기고, 그리고 그들이 기대하는 바를 이곳을 통해 투사해나갔다. 한류라는 문화현상을 자신들의 땅에서 간접적으로 경험해보는 재미가 있었던 것이다. 편하게 받아들일 수 있는 그들의 한류, 간단한 먹거리를 가지고 뭔가 자신들의 한류 색깔을 만들어가고 있었다.

동네 아줌마들도 자주 들러 수다를 떨다가 김밥과 떡볶이 등을 포장해 간다. 저녁에 한류드라마 보면서 먹으면 더 맛있다고 자기 나름의 즐기는 비법을 가르쳐주기도 한다. 드라마에서 연상되는 이미지가 미각으로 바로 연결되는 것 같다. 광둥 친구들은 원래 매운 것을 잘 먹지 못한다. 비빔밥이나 비빔국수에 들어간 양배추나 오이 등의 생것도 먹지 않는다. 가릴 것은 가려내고 매운 음식을 땀 흘리며 먹는 모습들을 보노라면 귀엽기까지 하다.

피아노 선생님 공위는 한류드라마에서 주인공이 남자 친구와

양푼에 밥을 비벼 머리를 맞대고 먹는 장면을 본 뒤 비빔밥을 좋아하게 되었다고 한다. 퇴직 교사 리라오스는 쌀뜨물을 넣어 고소하게 끓인 미역국을 좋아한다. 드라마에서 아침에 식구들이 한자리에 모여 밥과 국을 함께 먹는 모습이 보기 좋다고 한다. 자기 삶에서 그려내고 싶은 풍경이 아닐까.

보험회사 직원 주지아는 노트북을 가슴에 안고 열심히 김밥을 먹는다. 야근할 때 상사가 김밥을 사다주며 격려하는 드라마 풍경이 인상적이었다고 한다. 장차 자신도 그렇게 마음이 통하는 상사가 되기를 꿈꾸는지도 모른다.

단지 배부르기 위해 멀리서, 혹은 길을 물어, 줄을 서서 기다리면서 한류 김밥집을 찾는 것은 아닐 것이다. 한류 속에 녹아 있는 사람의 정이 그리운 것은 아닐까.

정종이라는 이름의 진정성

은해의 한류 김밥집이 인기를 끈 것은 드라마를 통해 알려진 한국 음식이 별식이라는 이유도 있지만, 한국 아줌마가 직접 만들어주는 정통 한국 음식이라는 것도 한몫했다. 광저우 사람들이 좋아하는 말 중에 '정종(正宗)'이라는 말이 있다. 원조라는 의미로 오리지널 한국 아줌마의 손끝에서 나오는 음식을 통해 한류 분위기를 느끼고 싶은 것이다. 그것이 원조를 중시하는 이들의 풍토에 맞았다. 한국 사람이 운영하는 식당이라 해도 경영만 한국인이 하고 정작 주방장은 한국 음식을 배운 한족을 쓰는 경우가 많다. 또 조선족들이 하는 식당들도 많은데, 사람들은 이를 정종과 구별해서 생각한다.

은해는 처음 시작할 때 모든 것을 혼자 다 했다. 직원을 둘 여력이 없었다. 주방이든 접대든 혼자 했다. 김밥집은 테이크아웃 매장 정도의 작은 공간으로 시작했다. 주방이나 홀을 구별할 수 없을 정도였다. 칸막이가 없어서 기다리는 손님들은 주방에서 일어나는 일을 한눈에 볼 수 있었다. 손님들은 작은 테이블에 옹기종기 모여 앉아 엄마의 손길을 기다리는 아이들처럼 음식이 만들어지는 과정을 바라보았다.

그래서 웨이보에 '가정식'이라는 표현이 있었는지 모른다.

"광저우 한국 음식점을 몇 군데 알고 있지만, 그곳은 기업형으로 가격도 비싸고 맛도 별 차이가 없다. 그러나 이곳은 한국 아줌마가 직접 만들어준다. 가격도 부담스럽지 않다. 집에서 먹는 것처럼 깨끗하고 음식이 속으로 들어갈 때 따뜻하다."

은해식당 옆에는 원래 동물병원이 있었는데, 김밥집을 오픈한 지 한 달 만에 은해에게 넘기고 이사를 갔다. 한 달 동안 손님이 몰리면서 가게 앞에는 줄이 길게 늘어섰다. 사람들이 왁자지껄하며 웅성대는 모습이 그 자체로 홍보가 되었다. 작게 시작한 것이 오히려 반전을 가져왔다. 그렇게 한 달 돈을 벌어 가게를 넓힐 수 있었다. 은해는 정식으로 배운 게 아니어서 중국어가 서툴렀기 때문에 대충 넘어가는 게 많았다. 그런데 그런 점이 정종 한국 아줌마라는 진정성을 더 살려주었다.

중국말이 어눌한 한국 아줌마가 만들어주는 음식은 더 한류스러웠다. 서툰 것이 때론 장점이 되기도 한다. 혼자 해내는 것이 안쓰러웠는지 어떻게 여기를 왔느냐고 묻는 어른들도 많았다. '우리 동네는 외국인들에게 안전하니 염려하지 말라'고 위로하는 사람들도 있었다. 뭔가 허술하다 보니 아마추어 같은 한류 김밥집이 친근하게 느껴졌는지도 모른다.

은해가 처음 가게를 열었을 때는 일주일 정도 손님이 없었다. 처음부터 장사가 잘된 것은 아니다. 매일 찾아오는 두 친구가 있었다. 자전거 수리점의 큰아이. 아이는 어딘가 아파서 학교를 자주 빠졌다. 갈 곳 없는 아이는 매일 출근해 가게 앞에서 제기를 차며 하루를 보냈다. 또 한 명은 정신이 약간 이상한 처녀인데, "너는 한국 사람이지?"라며 늘 같은 질문을 했다. 동네에서 가장 약하고 소외받는 친구들이 은해식당을 찾아온 것이다.

은해는 두 친구와 같이 놀면서 팔리지 않은 김밥을 그 아이들과 먹고 주변 사람들에게 나누어주었다. 그렇게 일주일이 지나자 동네 사람들이 찾아오기 시작했다. 보이지 않는 동네의 눈이

이 가게를 살피고 있었던 것이다. 중국인들은 어떤 가게든 처음에 와서 쉽게 물건을 사지 않는다. 꼭 한 번은 둘러보는 시간을 가진다. 그만큼 신중하다. 은해가 처음 내놓은 메뉴 '따뜻한 마음'에 그들의 발길이 열렸을 것이다.

골목 어귀의 자그마한 은해식당은 동네 작은 가게들과 별반 다르지 않았다. 튀지 않게 소탈한 모습으로 시작했다. 그들의 작은 일상에 향수하고 싶은 한국의 정서 하나가 추가된 것이다.

중국인들은 자기네 것을 배격하며 한류를 무조건적으로 좋아하지는 않는다. 자신의 문화 위에 익숙한 본래 정서를 기반으로 해서 받아들이고 싶은 한류인 것이다. 우양신청이라는 동네가 원래 광저우 본래의 분위기를 잃지 않고 개방과 함께 새로운 변신에 성공했듯이 은해의 작은 대박도 그 문화 속에 소박하게 다가간 진정성에 기인하지 않았을까.

은해는 최근 시내 도매시장 근처에 은해식당 2호점을 열었다. 이 모든 전략 아닌 전략이 다시 활용될 수 있을지 기대해본다. 학생들이 주문한 도시락을 가지러 왔다. 반갑게 인사하는 학생들을 보며 이번에는 은해가 엄지손가락을 치켜들었다.

- 제8회 머니투데이 대한민국 경제올림피아드 신춘문예 응모작

은행에 가면

그녀는 부자다. 아마도 내가 아는 사람 가운데 가장 부자가 아닐까. 그래서인지 도도하다. 나는 그녀가 절대적으로 필요하다. 그녀를 종종 찾지 않으면 생활할 수가 없다. 간절함에 찾아 가지만 만나기도 쉽지 않다. 아침 일찍 가도 순순히 만나준 적이 거의 없다.

그녀의 집 마당은 문을 열기 전부터 남자, 여자 할 것 없이 많은 사람으로 붐빈다. 가끔 얼굴이 익은 이도 있지만 대부분 처음 보는 사람들이다. 늘 그 자리에서 일만 하는 일벌레 그녀가 이 많은 사람을 어떻게 아는지 감탄하지 않을 수 없다.

집 앞에는 뚱뚱한 경비가 가스총을 허리에 찬 채 우리를 힐긋힐긋 살핀다. 마침내 그녀의 집 현관문이 열리자마자 사람들은 봇물 터지듯 실내로 들어선다. 하지만 전투는 더 남아 있다. 손님이 많기 때문에 순서표를 뽑아야 한다. 한번은 빨리 뽑으려고 달려들다가 여러 명의 손톱에 손등이 긁힌 적도 있다.

순서표는 두 가지로 나뉜다. 개인용과 업무용이다. 개인용은 나같이 솔로로 온 사람들과 수중에 돈이 별로 없는 사람들을 위한 것이다. 업무용은 회사라든지 공적인 일을 보러 온 사람들에게 돌아간다. 물론 솔로 중에도 돈 많은 사람들은 특별대우를 해준다. 개인용은 뒷전이다. 바쁜 그녀로서는 우선순위를 둘 수밖에 없음을 이해하지만, 자주 서운하다.

개인들은 자기 번호를 불러줄 때까지 목 놓아 기다리는 수밖에 없다. 어느 날, 기다리다가 다음이 내 순서여서 앞 손님의 뒷모습만 바라보고 있었다. 그 손님은 용무가 복잡한지 한 시간이 지나도 끝날 기미가 보이지 않았다. 그래서 시계를 보다가 허탈하게 그냥 돌아온 적도 있다. 그러면 다시 그다음 날 줄 서서 기다리는 수밖에 없다.

그녀의 집을 찾으면 저절로 정신 수양이 된다. 마음을 수도 없이 내려놓아야 한다. 간혹 성질 급한 한국 사람들을 만나기도 한다. 얼굴이 시뻘게진 어느 한국 남자분에게 매니저가 말했다. 기다리기 힘들면 인터넷으로 처리하라고. 한국 남자분이 중국말을 못 알아듣는 게 천만다행이었다. 그 남자분의 기세로 보아 그 말을 알아들었다면 아마 큰 소리가 났을 것이다. 그 매니저는 이해하지 못했다. 기다리기가 힘든 게 아니라 기다리게 하는 시스템에 분통이 터진다는 것을.

오늘도 이런저런 생각을 하고 있는데, 드디어 딩동댕 번호판에 내 번호가 찍힌다. 설레는 마음으로 직원 아가씨가 기다리는 창구 앞으로 다가간다. 주인이 콧대가 높아서인지 직원들 또한 목이 뻣뻣한 사람들이 많다. 직원 아가씨와 나 사이에 있는 견고한 유리벽. 가까이하기엔 이 집에 넘어야 할 벽이 너무 많다. 처음 이곳에 왔을 때는 물건을 맡기고 돈을 얻어가는 전당포 같은 느낌이 들었다.

"난 널 믿지 않아"라고 경계 태세를 하듯 견고한 유리벽을 치고 있는 여직원은 요즘 들어 점점 예뻐진다. 하얀 블라우스에 받쳐 입은 남색 조끼와 줄무늬가 있는 스카프는 산뜻하기 그지없다. 하지만 에어컨 온도를 더 낮추었는지 실내 공기가 점점 냉랭해졌다. 카드와 신분증을 꺼내 유리벽이 끝나는 바닥 쪽에 뚫린 홈으로 집어넣는다. 작은 홈으로 통로를 만들어 물건을 주고받는다. 그 입구마저 윗부분에 스테인리스로 된 봉을 설치해서 손가락은 들어가지만 손은 집어넣을 수 없다.

그녀는 한국에서 온 달러를 가끔 인민폐로 바꾸어주고 보관해주기도 한다. 오늘도 조심스럽게 달러를 인민폐로 모두 바꾼 뒤, 2천 위안은 나에게 먼저 주고 나머지는 보관해달라고 했다. 여직원은 일단 총액을 모두 보관하는 절차를 마치고 나서 얼마가 필요한지 다시 물었다. 먼저 돈을 달라고 한 말을 잊어버린 듯 일방적이다. 내 돈인데 자기 돈처럼 인색하게 군다.

오전은 그래도 양호한 편이다. 가끔 그녀가 문을 닫는 늦은 오후에 갔다가는 경기를 일으킬 수도 있다. 어디선가 장갑차 모양의 단단한 차가 미끄러져 들어온다. 완전 무장을 한 군인 복장의 남자들이 한 사람은 소총을 겨누고, 또 한 사람은 스테인리스로 된 육중한 가방을 들고 안으로 들어간다. 그녀의 집 사람들은 낮에 모은 돈을 다발로 묶어서 남자들의 가방에 순순히 넣어준다. 차는 떠나고 그녀도 셔터 문을 내린다.

그녀는 아무리 급한 일로 문을 두드려도 내다보지 않는다. 주위에서 간혹 깐깐하고 불편한 그녀보다 다른 길을 찾는 것이 어떠냐고 조심스럽게 말한다. 나는 그래도 그녀를 계속 보려고 한다. 미운 정도 결국은 정이다.

느티나무 그늘

- 남해초등학교를 그리며 -

그곳을 떠난 지 꽤 오래되었다. 두 번쯤 다녀왔지만 그때뿐이고, 머릿속에는 어릴 적 모습으로 남아 있다. 그리움은 그리움으로 족하다. 흑백 사진인 채로 그곳은 충만하다.

1970년대에 나를 키운 남해초등학교. 푸른 바다 저 멀리 이순신 장군과 꿈을 키웠던 곳이다. 정문에 들어서면 운동장이 펼쳐진다. 교사로 들어서는 길목 왼쪽에 서 있던 오래된 느티나무 둘레는 돌을 깔아서 판판했다. 그곳에 앉아 운동 후 땀을 식히기도 하고, 방과후 친구를 기다리기도 했다. 여름에 소나기가 내릴 때면 잠깐 비를 피하기도 했다. 운동장이 끝나는 지점에 서 있는 느티나무 그늘에서는 학교 전체가 눈에 들어왔다.

느티나무 오른쪽에 정구장이 있었다. 그땐 테니스라는 영어명보다 정구라는 말을 자주 썼다. 갓 부임한 선생님들과 공무원들이 와서 정구를 즐겼다. 정구채를 들고 하얀 반바지를 입은 그들의 모습은 도시적이고 세련된 사람들이라는 이미지가 있다. 내 기억에 공을 썩 잘 넘기는 이들은 없었지만, 토요일 한가한 오후에 젊은 선생님들의 환호는 신선하고 활기찼다. 운동장에서는 남자아이들이 웃통을 벗고 자신의 기량을 뽐내려는 듯 늦게까지 공을 찼다.

그 시절엔 조회도 많이 했다. 월요일 아침 전교생이 모이는 조회가 운동장에서 열렸다. 조회가 끝난 뒤 줄을 맞추어 교실로 들어갈 때 이미 교무실로 들어간 선생님들의 눈을 피할 수 있는 지점이 바로 느티나무 근처였다. 교실로 들어가기 전 장난기가 발동한 남자아이들 사이에 장난스러운 몸싸움이 벌어지곤 했다.

운동장 주변에는 탱자나무 울타리가 있었다. 탱자는 작은 귤처럼 생겼지만 안에 씨가 있고 먹기 힘들 정도로 시다. 먹을 수 없는 금단의 열매인지 그 향만은 천향이었다. 탱자가 열릴 때면 온 교정에 탱자 향이 넘쳐나곤 했다. 동네 개구쟁이들은 탱자나무 울타리의 공간을 파고들어 개구멍을 만들곤 했다. 탱자나무의 굵고 튼튼한 왕가시는 위협적이라 얼굴, 다리 등이 긁혀 상처가 나기 일쑤였지만 아이들은 탱자나무 개구멍을 사랑했다. 장난과 모험이 탱자나무 굴 안에 있었다.

학교 건물은 두 동이었다. 저학년 때는 뒤쪽 동에 교실이 있었고, 3학년 때부터 교무실과 양호실이 있는 앞쪽 동으로 옮겼다. 어느 날 두 동 사이에 작은 다리가 놓였다. 선녀가 건너간 오색다리라 노래하며 상상의 날개를 펼쳤던 곳이다. 그리고 뒤쪽 교사는 교육청과 인접해 있었다. 학교는 교육청으로 출입하는 교직원들의 편의 때문인지 후문을 만들었다. 그 후문은 교육청 뒤편에 있던 우리 집과 연결되어 덕분에 학교 다니기가 편했다. 집에 가는 길에 갓 부임한 선생님들의 신혼집이 소꿉놀이하듯 띄엄띄엄 있었던 장면이 떠오른다.

정구장에서 정문으로 가는 길에 먼지 낀 작은 건물이 있었다. 실내 체육관으로 사용했는데, 매트가 쌓여 있어 뛰고 뒹굴던 생각이 난다. 꽤 낡은 건물이었다. 어느 날은 먼지 가득한 매트에 누웠는데 괜스레 슬퍼졌다. 언젠가 돌아왔을 때 이곳이 남아 있을까…….

그 건물 옆에 작은 연못이 있었고, 교장선생님의 사택 기와집이 있었다. 그 사택 마당의 대추나무 열매가 달달했다.

우리의 어린 시절을 기억하는 느티나무는 이제 다른 아이들의 이야기를 듣고 있겠지. 무성해진 느티나무 그늘 아래 어릴 적의 향기는 더해간다.

내가 사랑한 느티나무. 그리고 친구들.

아버지, 아! 목동아

아버지와 43년을 함께 보냈다. 2007년 6월, 아버지는 다른 세상으로 가셨다. 내가 외국에 있을 때 서둘러 가셨다. 아버지와의 이별은 실감이 나지 않았다. 시간을 되감으며 아버지의 삶에 대해 모르는 점이 많다는 것을 알게 되었다. 그 시대의 가정문화 탓이라고 하기에는 아쉬움이 많다. 가족은 촘촘한 폐쇄성 때문일까, 가깝고도 먼 관계다.

사람들의 은밀한 이야기는 어디로 날아갈까. 어느 이가 보이지 않을 때 그제야 주섬주섬 불명한 일들로 당황스럽다.

아버지와 함께한 추억으로 당신의 마음을 한 가닥씩 엮어나갈 뿐이다. 누군가가 산소 가는 길목에 작은 우체통을 두었다. 잉크 향이 밴 편지를 그 빨간 통에 넣고 싶다. 긴 편지를 쓰는 소년이 되고 싶다, 나의 아버지처럼.

노래

아버지!

제게 주신 멋진 것들이 많습니다. 그중 으뜸이 노래를 가르쳐

주신 겁니다.

아버지가 좋아하시던 '아, 목동아'라는 노래가 흐르고 있어요. 어릴 적 아버지는 음반을 틀어놓고 마루에 앉아서 이 노래를 따라 부르셨죠. 아련한 멜로디와 슬픈 가사는 꿈을 꾸게 했습니다.

아버지가 가지고 다니던 오래된 가곡집이 있었죠. 황금색 표지를 펼치면 악보와 함께 노래 글들이 지나갔어요. 그 노래집은 이탈리아 가곡과 우리 가곡으로 채워져 있었어요. '성불사의 밤', '산타루치아', '산들바람' 같은 노래를 부르셨고, 저도 따라 불렀어요.

해 질 녘 아버지와 같이 부르던 노래는 날개를 달고 멀리 날아갔습니다. 작은 읍내에 사는 소녀에게 아득한 세상의 이야기를 들려주셨죠. 그때 부른 노랫말들은 마음속 샘물이 되어 아직도 찰랑거리고 있습니다.

아버지는 노래를 통해 멜로디의 감성과 언어의 아름다움을 가르쳐주셨고, 그 어여쁜 것들은 평생 제 벗이 되었습니다. 아버지의 영혼은 노랫말처럼 순수한 곳을 지향하셨고, 소년 같은 감성으로 살다 가셨어요.

크리스마스의 추억들을 어떻게 잊을 수 있을까요?

겨울이 다가오면 아버지는 정원에 있는 소나무에 크리스마스트리 채비를 하셨죠. 반짝이 종이, 조명들은 환상 그 자체였어요. 하얀 솜으로 눈을 연출할 때면 작은 탄성마저 나오곤 했죠.

"사는 건 정말 즐거운 일이구나" 하며 스스로 다독거렸어요. 작은 카드에 소망을 적어서 나무에 답니다. 작년 카드는 돌아가면서 꺼내 읽곤 했습니다. 소망이 이루어졌느냐가 중요하지 않고 그 자체가 즐거웠습니다.

대문에도 반짝이 전구들을 달아서 우리 집은 축제 분위기로 들썩거렸습니다. 돌아가는 턴테이블에는 '징글벨'과 캐럴이 흘러나와 이국적이고 멋진 겨울 풍경을 연출했습니다. 아, 예수님은 일 년에 한 번이 아니라 여름에도 태어났으면 좋겠다 싶었어요.

마당에서 트리를 중심으로 돌아가며 팔짝팔짝 춤을 추었습니다. 온 겨울을 집과 가까운 교회 종탑 트리와 함께 크리스마스 기억에서 벗어나지 못했어요. 지금도 그 겨울의 명랑함은 위로와 격려를 줍니다.

노마디즘

아버지!

우리 가족사는 시작부터가 영화 같습니다.

한양 살던 부잣집 도련님이 먼 남쪽 남해라는 섬에 왔습니다. 섬을 벗어난 적 없던 순진한 섬 아가씨와 결혼해서 그곳에 정착한 일은 한 편의 드라마 같습니다. 1960년대 초 아버지는 부산을 거쳐 배를 타고 남해로 오셨습니다. 건강이 좋지 않아 요양이 필요했고, 경찰직을 지원해서 오신 거죠. 남해에서도 어머니가 있는 삼동면으로 발령을 받으셨습니다. 당시 남해안 쪽으로 간첩이 자주 출몰했고, 아버지는 그 간첩을 잡겠다는 사명감을 가지고 계셨습니다. 좀 엉뚱하기는 하지만, 소년의 마음을 가졌던 아버지가 이해됩니다.

아버지는 서울에서 대학을 나온 엘리트시고, 집안도 자동차 공업사를 해서 꽤 유복했습니다. 동대문 쪽에 본가가 있었지요. 버스를 타고 동대문을 지나간 적이 있습니다. 아버지는 어릴 적 동대문 누각과 돌담을 타고 노셨고, 그 누각 안에서 낮잠도 잤다고 이야기하셨어요. 우리에게는 문화재인 옛 건물이 아버지의 어릴 적 놀이터라는 사실이 신기했습니다.

창신동의 많은 기와집이 거의 아버지 본가였다는 사실은 아득함을 주었어요. 할아버지는 사업이 잘되어 작은집과 일가친척을 한 동네에 거느리고 사실 만큼 대가족을 꾸리셨다고 하셨죠. 창신동에 가면 길게 늘어선 한옥들이 있습니다. 그 집들의 윤이 나는 대문을 보자 괜스레 슬퍼졌습니다. 우리가 들어갈 수 없는 닫힌 아버지만의 세계가 있구나…….

대학을 졸업할 즈음 집이 소송사건에 휘말리고 가세가 기울었습니다. 어느 날 아버지는 집에서 나와 가족들과 소식을 끊었다고 합니다. 왜 그랬을까요? 3남 2녀 중 셋째였던 아버지는 성격이 유순하셨어요. 가세가 기우는 집안 분위기를 피하고 싶었는지는 알 수 없습니다. 친가와 별로 교류가 없어서 우리는 그 이유를 잘 모릅니다.

1960년대 남해는 이어주는 다리가 없는 섬이었습니다. 여고생이던 엄마와 운명처럼 만나 1965년 초 엄마가 학교를 졸업하자마자 결혼하시고, 저는 그해 12월에 태어났어요. 아버지는 꿈꾸던 어떤 곳을 향하다 남쪽 바다까지 오신 걸까요? 아버지는 세상의 맨 끝으로 가려고 하셨나요?

언젠가 저도 세상의 끝으로 가고 싶었습니다. 벅차오르던 자유에 대한 열망과 나그네의 삶을 동경했죠. 세상의 끝은 북구의 어느 얼어붙은 땅이었습니다. 그 도시의 사진을 보는데 아버지가 떠올랐습니다. 아버지의 젊은 날 방랑이 와닿았습니다.

저의 노마디즘적인 욕망에서 아버지의 청춘을 그려볼 뿐입니다. 저의 방랑 어딘가에 아버지의 DNA가 살아 있지 않을까요?

아버지는 푸른 바다 남해를 사랑하셨죠. 당신의 72년 생애를 다 알 수 없지만, 제가 기억하는 아버지는 남해 살던 때에 많이 웃으셨습니다. 1979년, 우리 가족은 교육이라는 대단한 주제를 가지고 어머니의 고향 남해를 떠나 아버지의 고향 서울로 돌아왔습니다.

말씨

아버지!!

아버지의 말씨는 서울 말씨 중에서도 경기 북부 말씨입니다. 악센트가 강하고, 따라 하기가 쉽지 않은 말씨죠. 아버지의 억양을 타는 목소리는 세련되기도 하고 설레게 하는 말씨였습니다.

남해 말투는 반말하듯 오해할 수 있는 어미로 끝나는 말이 많습니다. 지인 간에는 정감 있고 친근한 표현들이지만, 모르는 이들은 종종 당황하기도 합니다.

남해 살 때 사람들은 우리 집을 '서울 김형사댁'이라고 부르곤 했어요. 투박한 경상도 남해 말 속에 돋보였던 아버지의 자상한 목소리는 친구 아버지들과는 완전히 달랐습니다. 멋진 우리 아버지!!

너무 늦게 만난 서울의 친가는 우리를 낯설게 대했습니다. 고모와 삼촌, 사촌들과 나누는 대화는 내용과 상관없이 주고받는 말씨에서 이미 균형이 맞지 않았습니다. 리듬이 달랐고, 느낌이 통하지 않았습니다. 우리 스스로 불청객이라는 생각이 들 정도였습니다.

말씨로 인한 문화적 충돌은 내내 스며들어 오래갔습니다. 고모들은 경상도 엄마 때문에 아이들의 말씨를 망쳤다고까지 말할 정도였습니다. 서로 더 멀어질 수밖에 없었습니다.

서울 생활에 익숙해진 대학생 때, 아버지 친구분들을 만났습니다. 아버지 동창이나 친구들은 경상도 말씨를 쓰는 우리 가족의 분위기를 잘 받아주지 못했습니다. 다들 비슷한데 우리만 달랐습니다. 아버지에게는 서울과 남해라는 두 세계가 철저히 분리되어 있었고, 융화가 되지 않았습니다.

본가가 어디냐고 물으면 머뭇거릴 때가 있습니다. 아버지의 본가를 따라 서울이라고 하면 "말씨가 경상도인데?"라며 되묻곤 합니다. 학교에서는 한창 사춘기 때라서 친구들과 다른 말투에 스스로 주눅이 들곤 했어요. 언제부터인가 학교에 가면 서울 말씨를 흉내 내며 생활했습니다. 집에 오면 경상도 말, 바깥에서는 서울말을 쓰는 내 모습이 당당하지 않아 보여 자존심이 상하곤 했어요.

우리는 그렇게 말씨라는 경계선을 가지고 평행선을 그으며 각자의 삶을 살았습니다.

더불어 기쁜 삶

아버지!

장례식 때 모르는 분들이 많이 오셨어요. 아버지 성품은 어려운 분들을 지나치지 못하시죠. 불우한 이웃을 힘닿는 데까지 도와주셨고요. 그분들 혹은 그분들의 자식들이 오셔서 아버지의 나눔을 기렸습니다.

어릴 적 우리 집 아침 식탁에는 늘 손님들이 있었습니다. 우리는 읍내에 살았고, 촌에 사는 손님들이 아침 식사 전부터 찾아왔습니다. 대부분 아줌마였는데, 새벽시장에서 생선과 채소를 팔고 남은 것을 대야에 담아 이고 대문을 들어섭니다. 그들은 같이 아침을 먹으면서 자신들의 문제를 아버지와 상의했습니다.

기억은 흐리지만, 불법 조어나 임업 등 법을 위반한 일에 관한 상담이었던 것 같습니다. 아버지는 한 분 한 분 진지하게 이야기를 들어주셨고, 우리는 절로 다른 이의 어려움에 귀를 기울여야 함을 배웠습니다. 우는 사람도 있었고, 아버지 손을 잡고 간절히 부탁하는 사람들도 있었습니다. 수십 번 찾아와서 넋두리를 늘어놓는 이들도 있었습니다.

아버지는 사람들과 더불어 평화롭게 사는 삶을 보여주셨습니다.

저는 사람들이 모이는 식탁 파티를 좋아합니다. 음식을 같이 만들고, 함께 먹으면서 이야기를 나누거나 선물을 나누기도 하고, 사람들의 얼굴에 웃음이 피어나면 맘이 편합니다. 어릴 적 아침 식사 풍경이 재현되는 느낌이랄까요.

약주를 좋아하셨던 아버지는 여름이 되면 맥주를 박스째 우물에 담아놓으시고 좋아하는 친구들을 불러서 나누셨습니다.

밤늦게까지 마당에 울려 퍼지던 아버지의 웃음소리가 아직도 생생합니다.

고향

아버지!

드라마에서 늙은 딸과 아버지가 멋진 와인 바에서 잔을 부딪치며 삶의 노고를 위로하는 장면을 봤습니다. 아버지가 계셨더라면 저와 아버지가 만들 수 있는 풍경이겠다 싶었습니다. 삶에서 긴장감을 내려놓고 좀 쉬었다 가는 기억을 아버지는 남겨놓으셨어요.

장례식이 끝나고 아버지 유품을 정리했습니다. 아버지 가방에서 이탈리아 회화책이 나왔습니다. 이탈리아 바다를 여행하고 싶으셨던 것일까요? 가슴이 먹먹합니다. 아버지가 부르시던 '산타루치아' 노랫소리가 귓전을 맴돕니다.

"나중에 빨간 스포츠카를 사줄 테니 멋지게 드라이브해봐."

기분 좋을 때 하신 말씀이 맘에 걸리셨는지 결혼식 날 날렵한 벤츠를 빌려 시내를 한 바퀴 돌아주셨죠.

눈꽃 날리던 겨울날, 웨딩드레스를 입은 우리 차를 보고 손을 흔드는 이들이 있을 만큼 결혼식 분위기를 살려주셨어요. 아버지는 일상을 재미있는 이야기로 살려서 하루를 사신 분입니다.

즐거운 것들을 발견해서 기쁘게 감사하며 살자고 하셨죠.

2013년, 아버지가 돌아가신 지 6년이 지나 서울로 돌아왔습니다. 한동안 아버지의 부재가 익숙지 않았습니다. 임종도 하지 못했고, 장례식 후 부랴부랴 외국으로 돌아가서인지 아버지는 이 세상에 부재하는 분이 아니셨어요.

아버지는 따뜻한 기억을 만들어주셨고, "너의 새로운 이야기를 만들며 살라"고 가르쳐주셨습니다. 우리의 고향은 어떤 공간에 머물지 않습니다. 우리 가족이 함께한 추억이 있는 그 시간이었음을 알게 되었습니다. '아! 목동아'라는 곡은 계속 흐르며 아버지와의 추억으로 저를 데려갑니다.

아버지, 너무 그립습니다.

라창과 풀빵

사람들 틈을 헤집고 가게 안으로 들어섰다. 자주 가는 재래시장 입구에 있는 허름한 식당인 이곳은 라창[拉腸]이라는 단일 메뉴만 파는 전문점이다. 라창은 중국 광둥 지방의 흔한 토속 음식이다. 홍콩 등의 딤섬 요리에서 창펀[腸粉]으로도 불린다. 야채 골목 건너편에 있는 라창 가게는 아침 시장 거리에서 가장 붐빈다. 뜨거운 찜기가 쉴 새 없이 열리고 주인 손이 부지런히 움직였지만, 가게 앞에 늘어선 줄은 도무지 줄어들지 않았다.

가게 앞을 지날 때면 '나도 언젠가는 먹어봐야지' 생각했지만, 용기가 필요했다. 만두 찌는 것과 비슷한 라창 익는 냄새가 시장 바닥에 솔솔 퍼지면 왠지 출출해지면서 마음속에 뭔가 아련함이 일었다.

춘절 연휴를 맞아 이벤트로 라창 먹기를 생각해냈다. 식당 안으로 들어서니 바깥에서 보던 것보다 더 누추했다. 우리 네 식구만으로도 공간이 가득 찼다. 실내는 세 평 남짓으로 간이 테이블 하나와 플라스틱 의자 몇 개, 간단한 개수대 시설이 전부였다. 출입문 쪽에 이 식당의 상징인 찜기가 놓여 있었다. 겉면이 스테인리스이고 하단 부분에 물이 끓는 장치가 있었다. 상단에는 서랍 모양을 한 다섯 개의 찜기가 포개져 라창을 즉시즉시 쪄내고 있었다.

라창의 '라'는 끌 '랍(拉)' 자의 중국식 발음으로, 서랍 모양의 찜기를 잡아당기는 동작을 따서 붙인 이름이다. '창'은 창자 '장(腸)'을 쓰는데, 라창 모양이 돼지 창자를 닮은 데서 비롯된 것이다. 찜기 위에는 환풍기가 달려 있어 올라오는 증기를 시원하게 날려 보내고 있었다. 증기가 환풍기 바람을 타고 밖으로 뿜어져 나가는 모양은 아침 시장을 더 활기차게 했다.

이른 시간이었지만 가게 안에는 우리 말고도 벌써 라창을 먹는 가족들이 있었다. 아줌마가 간이 의자를 빼주며 앉으라고 한다. 바쁜 와중에 구석 물건들을 치우고 공간을 마련해주었다. 갓 만든 라창을 타원형 양철 접시에 비닐을 씌워 담아준다. 30대 초반쯤 되는 주인아저씨는 찜기 앞에서 열심히 라창을 만들고 있었다. 미리 준비한 찹쌀가루를 풀어 만든 반죽을 서랍 모양의 찜기 바닥에 얄브스름하게 펴 바른다. 그 위에 손님의 주문에 따라 속 재료가 될 돼지고기, 버섯 다진 것, 말린 새우, 달걀 등을 얹는다. 서랍을 닫은 뒤 익기를 기다리면서 먼저 쪄진 찜기를 잡아당긴다.

찜기 서랍에서 라창이 아니라 아름다운 소리가 흘러나올 것 같았다. 아저씨는 찜기 속에 누워 있는 라창의 모습을 분장하기 시작했다. 바닥을 긁어 얇게 익힌 찹쌀 반죽을 돌돌 말아간다. 따로 있던 재료들이 자연스럽게 안으로 말려가면서 하나가 된다. 라창의 절정은 이때가 아닌가 싶다. 속이 보일 듯 말 듯 은근히 비치는 주름진 모양의 하얀 껍질을 이곳 사람들은 '얼음꽃'에 묘사하기도 한다. 보기만 해도 식욕을 자극한다.

라창 가게 식구들은 불쑥 찾아온 외국인들이 반가운지 한순간 들썩거렸다. 한국 사람들은 매운 것을 좋아한다며 초등학생쯤 되는 주인 아들이 고추 양념장을 테이블에 가져다 놓았다. 작은 아이가 내민 손을 보다가 섬광처럼 스치는 기억이 있었다.

그랬지. 그 아이도 내게 손을 뻗어 풀빵을 내밀었지.

그곳도 시장 입구였다. 풀빵을 파는 엄마와 딸이 있었다. 딸은 나와 같은 초등학교에 다니는 친구였지만, 수줍어서 말을 잘 하지 않는 아이였다. 언제부터인지 시장 입구에서 풀빵을 팔며 살았다. 더운 여름에는 다른 일을 하고 날씨가 추워지는 가을과 겨울에만 풀빵 장사를 했다. 고무 대야에 가득한 밀가루 반죽을 노란 주전자에 담아 호두과자 크기의 빵틀에 적당히 붓는다. 빵틀에 뚜껑이 없어서 속이 익으면 철로 된 뾰족한 고리 같은 것으로 풀빵을 찍어 뒤집는다. 풀빵이 구워질 때 올라오는 더운 김에 언 볼을 내맡기고 있노라면 얼굴도 따스하게 익었다. 딸은 잡지를 뜯어 만든 봉투에 풀빵을 담아주었다.

라창과 풀빵에 관한 추억의 정경은 많이 닮아 있다. 누가 일부러 이런 상황을 만들어놓고 나를 초대한 것 같다. 손님들의 여유 있는 기다림도 비슷하다. 라창과 풀빵은 즉석 음식으로 뜨거울 때 먹어야 제맛이다. 라창이나 풀빵을 기다리는 사람들은 짜증을 내거나 재촉하지 않는다. 찜기를 꺼내고 재료를 넣고 다시 닫는 라창 가게 아저씨의 민첩한 손놀림은 요술을 부리는 듯하다. 손님들은 줄을 서기보다는 찜기 주변에 엉성히 서서는 아저씨의 손이 가는 데로 눈길을 옮긴다.

누구랄 것도 없이 출근길의 다급함을 잠시 잊고 보는 재미에 빠져들었다. 풀빵 아줌마의 동작도 리듬을 타듯 강약을 잘 조절했다. 주전자 귀에서 하얀 밀가루 액이 흘러나와 작은 빵틀에 숨는 모습에서 아줌마의 손은 느려지면서 약박을 탔다. 반쯤 익은 풀빵을 고리로 뒤집을 때는 악센트를 주듯 손이 날렵했다. 노랗게 구워진 풀빵 정수리가 나오는 모습에 "음!" 하고 탄식이 새어 나왔다.

그 순간만큼은 나도 아줌마의 딸이 되어 한 번쯤 풀빵을 콕 찔러 뒤집어보고 싶었다. 내 차례가 늦게 와서 그곳에 더 머물고 싶다는 바람도 있었다. 잠시 풀빵 화덕 옆에서 느끼던 온기, 나풀거리며 올라오는 고소한 냄새와 따뜻한 바람은 아로마 오일

향처럼 내 어린 시절의 긴장과 불안감을 없애주었다.

엄마의 유난히 큰 키와 눈을 닮아 초등학생처럼 보이지 않던 그 아이는 지금 어떻게 살아가고 있을까. 라창 가게를 지날 때마다 내 마음속에 아지랑이처럼 올라오던 알 수 없는 그리움은 그렇게 어린 시절의 추억과 연결되어 한 폭의 풍경화를 만들어내고 있었다.

- 〈에세이문학〉 2012년 가을호 초회 추천작

에필로그

빛이 들어와서 사라지는 환영을 보았다.
당분간은 없어지고 싶지 않았다.
언어라는 것은 간절한 자에게 찾아온다고 했지.
소명 같은 것을 느꼈다. 그래서 기록했고 글이 되어 남았다.
생소한 땅에 새긴 내 시간의 무늬는 한 장의 그림이 되었다.

그대가 있어 참 좋았습니다.
매일이 새로운 날임을 알았습니다.
당신의 사랑이 그러하듯 벅차오릅니다.
누구에게나 그러하듯이…….

누구에게나 그러하듯이

발행일 2025년 4월 25일 초판 1쇄

지은이 김현숙
발행인 고영래
발행처 (주)미래사

주소 서울시 마포구 토정로 195-1 정우빌딩 3층
전화 (02)773-5680
팩스 (02)773-5685
이메일 miraebooks@daum.net
등록 1995년 6월 17일(제2016-000084호)

ISBN 978-89-7087-162-2 (03810)
Copyright © 김현숙, 2025

이 책의 저작권은 저자와 도서출판 미래사가 소유합니다.
신저작권법에 의하여 한국 내에서 보호받는 저작물이므로 무단 전재와 무단 복제를 금합니다.

* 가격은 뒤표지에 있습니다.
* 잘못 만들어진 책은 구입처에서 바꾸어 드립니다.